若你决定灿烂

山无遮　海无拦

桑妮

民国女子

她们谋生亦谋爱

桑妮 ◎ 著

湖南文艺出版社
HUNAN LITERATURE AND ART PUBLISHING HOUSE

博集天卷
CS-BOOKY

民国女子的
摩登生活图鉴

在民国初期，
Coco Chanel（可可·香奈儿）的小黑裙和极简女士套装在西方风靡起来，
法国的巴黎就是时尚的风向标，
巴黎的一切都被民国名媛视为穿着打扮的重点参考对象，
高跟鞋、大衣、丝袜、裘皮、香水、口红，一样都不可少。

仿欧美的生活方式

1 ✿

老舍说："在一个摩登的家庭里，
没有留声机……
似乎还可以下得去；
设若没几张相片，
或一二相片本子，
简直没法活下去！"

图：1935年，林徽因与梁再冰、金岳霖、费慰梅、费正清等在北平天坛

2 ✿

到了20世纪30年代，
跳交谊舞在上海已成一种时尚。
大学生是舞厅的中坚分子，
知识分子也是舞厅的常客。

3 ✿

在民国，
看电影是一种时尚的生活方式。
1930年之后，几乎每隔一个月，
上海就有一座影戏院诞生。

4 ✿

民国被称为"世界汽车的博物馆"。
各种汽车广告见诸报端，
而上海是当时最时髦的城市。

女性的自我意识

1
旅欧归来的中国文人，
带回西方"文艺沙龙"的风雅习俗。

图：林徽因的"太太客厅"

2 ❀
离婚后的张幼仪，归国后创办云裳服饰公司，
她积极引进国外服饰时尚设计，事业有声有色，
完成了从"深闺少妇"到"时尚总裁"的转变。

3 ❀
女学生与外教在一起。

4 ❀
民国女性意识的最初觉醒，
最不该忽略这些上海歌女。
她们代表上海沦陷之前，
或者说命运剧烈改变之前的最繁盛景象。

图：
上海滩七大歌后中的六位（缺龚秋霞），左起依次为
白虹、姚莉、周璇、李香兰、白光、吴莺音

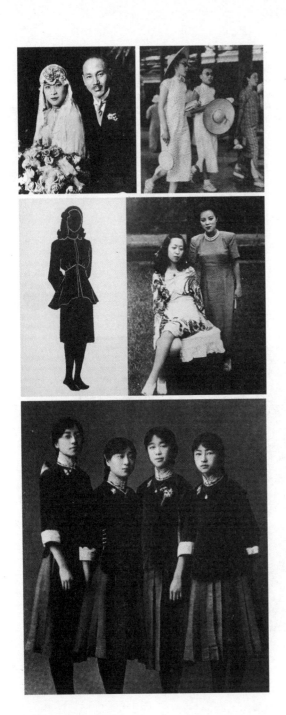

时髦装扮

1 ✿
民国的政商人士结婚开始穿婚纱，
举办集体婚礼。

图：宋美龄与蒋介石

2 ✿
20 世纪 30 年代以后，
旗袍正式成为国际公认的"中国装束"。
无论在上海的里弄、北平的胡同，
还是名流沙龙、国际酒会，
旗袍永远不会显得不合时宜。

3 ✿
20 世纪 30 年代的张爱玲，就是时尚博主了。
她在中学时用奖学金去定制各种旗袍，
渐渐地，她又开始亲自绘制改良衣服。

4 ✿
1916 年北京培华女中四位女生（右一即为林徽因，其余三人为其表姐妹）合影。
她们身上穿的校服是中式上衣配西式百褶裙，
东方的简约之美，与西方时尚相得益彰。

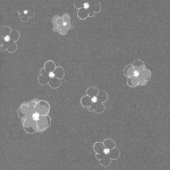

民国女子的梳妆台

1

民国初期，贵妇名媛梳妆台上的化妆品
和美容品基本都以洋货为主。
丹祺（Tangee）称得上民国进口化妆品中最大的赢家。
除此，还有西蒙香粉蜜、夏士莲雪花膏、
司丹康美发霜、巴黎素兰霜、
培根洗发香脂水、力士香皂等
从外国进口的美妆护肤产品
受到民国时期女人的追捧！

2 ❀

张爱玲在散文《童言无忌》中写过：
"生平第一次赚钱，是在中学时代，
画了一张漫画投到英文《大美晚报》上，
报馆里给了我五块钱，
我立刻去买了一支小号的丹祺唇膏。"
她可以说是民国时期的"美容大王"，
国际上非常著名的一个美妆品牌
——Max Factor，即蜜丝佛陀，
这个中文名，就是由张爱玲翻译的。

民国文人的风雅事

『信笺』是一种信纸，让旧式文人爱不释手。

民国时期的文人、作家通常学贯中西，但他们骨子里还是中国的，在没有电子设备的过去，文人写文章喜欢用中国传统式样的印花信笺，如张爱玲多次提及的『朵云轩信笺』。

信笺上印的花样大多是历史上有名的或佚名的书画名家作品，在前人之画上写文章，这本身就是一件极尽风雅之事。

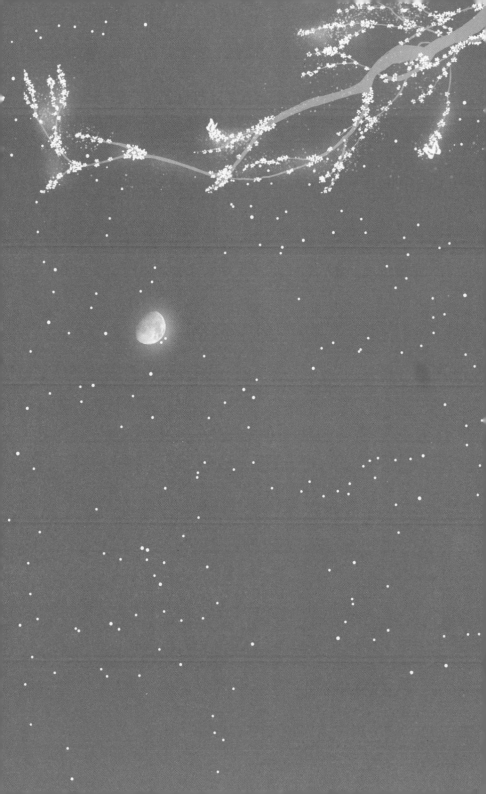

目录

CONTENTS

民

国

女

子

吕碧城

踮起足尖，换一种谋生姿态

1883 年 — 1943 年

若镜中花，如水中月，
她非同凡响的一生，是艳绝于人的。
摘叶飞花，都成意境。有意无意，都是人生。
她孤绝的一生，是傲然的，亦是特立独行的。

她，着高调彩衣大触世目

在中国历史上，魏晋的男人、民国的女子，皆是活得极有风度的人。

民国女子里，那个特立独行、才情绝异的吕碧城，最是入我心。

孤傲的张爱玲，是极少盛赞一个女子的。同为女子，她因自己独有的傲骨，嘴上甚少提及，更是惜墨去呈现。可是，唯有对碧城，她用一支天然妙笔写道："中国人不太赞成太触目的女人。"早在万马齐喑究可哀的满清，却有一位才女高调彩衣大触世目。便是吕碧城。

诚然，在清末民初那个特殊年代，碧城这"彩衣"的背后，不知要弹落多少忌恨的眼珠。还好，她是生来有着强劲傲骨和侠气的女子，凭着一世文采，硬将那一身"彩衣"穿出了飞扬的才气与雍容的霸气。

彼时，她以文词彰显于世，在清末民初的年代风雅独步、叱咤风云，横跨文学、政治二界。一时"绛帷独拥人争羡，到处咸推吕碧城"。

中国诗坛盛产才女，比如鱼玄机，比如李冶，再比如薛涛。然而，能如碧城这般"巾帼英雄，如天马行空，即论十许年来，以一弱女子，自立于社会，手散万金而不措意，笔扫千人而不自矜"者，绝无一人。

用龚自珍词"十年千里，风痕雨点斓斑里；莫怪怜他，身世依然是落花"来形容这位"广闻博学，才情秀拔，小令远绍南唐，得力后主，多以单纯明净、准确凝炼的语言设造意境，直抒胸臆。长调步武清真，直薄北宋境界"的才女，真是贴切至极。碧城挚友、著名古典文学研究家龙榆生也赞誉碧城为"近三百年来名家词中之殿军"。

碧城的诗词，真的极美。读来有一种绝美超然的情愫袭上心头，一如她的名字——碧城。

碧城的诗词之美，亦是被大家印证和赞誉不绝的。

尤其是诗，我每每阅读碧城的诗，依稀看到她在时光的荒野和历史的洪流中渐行渐进。光影流转里，我亦仿佛见到一个蛾眉婉转的女子，带着那么一丝朦胧冷艳的唯美意韵，若流星般划过夜空，飘然来又去。

真真让人目眩神驰。

她，是中国女界硕果辰星式的女子

碧城生于清光绪九年，也就是1883年。

安徽旌德人，翰苑世家，家有藏书三万卷。

父吕凤岐，光绪三年（1877年）丁丑科进士，与晚清诗人樊增祥（樊山）同年，历任国史馆协修，玉牒馆纂修，后任山西学政。母严士瑜，通文墨，工诗文。姊妹四人，长姐贤钟，字惠如，后任南京女子师范学校校长；二姐美荪，在许多女校任过领导；碧城行三，三人皆以诗文名世，有"淮南三吕，天下知名"之称。幼妹贤满，字坤秀，亦工诗文，后任厦门女子师范学校教师。

自小，碧城于姊妹中就尤为慧秀多才。

追溯时光，可看到12岁"含苞"之龄的碧城，在诗词书画上的造诣已颇有可观，时人赞曰："自幼即有才藻名，善属文，工诗画，词尤著名于世。每有词作问世，远近争相传诵。"

有着"才子"美誉的樊增祥，读罢碧城的新词："绿蚁浮春，玉龙回雪，谁识隐娘微旨？夜雨谈兵，秋风说剑，梦绕专诸旧里，把无限忧时恨，都消酒樽里。君认取，试披图英姿凛凛，正铁花冷射脸霞新腻。漫把木兰花，错认作等闲红紫。辽海功名，恨不到青闺儿女，剩一腔豪兴，聊写丹青闲寄。"不禁拍案惊绝，断不信这年方十二之少女能写出如此荡气回肠之词作来。

她的才情，由此可见一斑。

年方双十，碧城已凭借过人的才情成为京津一带颇有名气的闺媛才女。

是年，报刊上常见她的文章，各种文艺聚会上亦常见她的身影。

不过，碧城令世人钦佩的，并不只因诸多被曝光的才华，更在于她才情之外那率真刚直的心性，以及横刀立马的气概。那年《大公报》创刊之际，她即成为主要的撰稿人之一。在此，她连续发表

吕碧城

鼓励女子解放与宣传女子教育的文章。写着这样文章的她，如同一棵郁郁葱葱摇曳着的树，被那个时代的女性向往着和倾慕着。

事实上，放在当下，浑身散发着独立正能量的她亦是会为无数人追捧的。

那位响彻耳际的女侠士秋瑾亦与她生活在同一时代。秋瑾与小自己8岁的碧城一见如故，并欣赏有加。她主编的《中国女报》在上海创刊之际，曾殷切地邀请碧城写发刊词。

她们二人同为一类女子，惺惺相惜。只是，她们的选择并不相同。

当年，秋瑾曾力劝碧城"同渡扶桑，为革命运动"。而碧城却"持世界主义，同情于政体改革，而无满汉之见"。最终，"彼独进行，予任文字之役"。

她们走的虽不是同一条路，却皆活出了自我。

碧城，是创立中国第一所官办女子学校的人。

彼时，袁世凯任直隶总督，为推行教育改革，上奏朝廷废除科举制度，建立新式学堂。恰这时，碧城正为开发民智，维护女权而积极筹办女学。不久，在天津道尹唐绍仪等官吏的拨款赞助下，北洋女子公学正式成立。

那一年，碧城仅21岁。

碧城在这所当时的女子最高学府里一待就是七八年，后提任校长，成为我国女性任此高级职务的第一人。

碧城创办女学，成绩显著，深得袁世凯的赏识。北洋名下学堂数十所，都开设了新式课程，聘请的总教习、教习大都是外国人，像碧城这般二十刚出头的女子，竟被委以重任，独当一面，实是绝无仅有的。

1905年，英敛之刊印了《吕氏三姊妹集》，称誉她们是"硕果辰星式的人物"。

她，历过涅槃中的涅槃

"地转天旋千万劫，人间只此一回逢，当时何似莫匆匆"的憾事，素来是颇多的。

那时，袁世凯任临时大总统，28岁的碧城受邀担任大总统的公府机要秘书，后任参政。

只是，走马灯似变幻的政局着实让碧城无所适从，后袁世凯妄图复辟封建帝制，碧城自是难谐俗流，看不惯一班趋炎附势之徒的卑鄙行径，便率性离京南下，携母隐居上海。

在十里洋场的上海，碧城亦是将生活过得如鱼得水。

她涉足商界，凭着炫目的背景、良好的人脉、优雅的举止，将生意做得风生水起，两三年间便成为商贾巨富。

如此的碧城，硬生生地锻造出一份上海女子的精明干练来。

都说上海女子自视极高，然而并非趾高气扬、眼里揉不得沙子的清绝孤高，而是带着些孤芳自赏的性情。这性情不是矫揉造作的，而是经由时光雕琢而成的。就像是吸取日月精华天地之气幻化成的人精，已经历脱胎换骨般的涅槃。

碧城，历过涅槃中的涅槃。

上海时期，碧城的生活是奢华的、物质的。不过，奢靡充裕的物质生活并没让她沉溺其中。爱因斯坦说过，"人们努力追求的庸俗的目标——财产、虚荣、奢侈的生活，我总觉得都是可鄙的"，她的内心也有这样一个声音在提醒。因为她始终对苍生抱有如森村诚一所言的"幸福越与人共享，它的价值越增加"的济世关怀，所以她对慈善公益事业尤其热衷。

《旌德县志》记载：吕碧城"疏财仗义，乐善好施。一九一八年出国留学前，从在沪经商盈利中提取十万巨金捐赠红十字会"。

此际的碧城，内心是怅然的。

她曾反复吟诵女词人李清照的"物是人非事事休，欲语泪先流"，写下了一阕《汩罗怨》：

> 翠拱屏嶂，红逦宫墙，犹见旧时天府。伤心麦秀，过眼沧桑，消得客车延伫。认斜阳、门巷乌衣，匆匆几番来去？输与寒鸦，占取垂杨终古。
>
> 闲话南朝往事，谁踵清游、采香残步，汉宫传蜡，秦镜荧星，一例秾华无据？但江城零乱歌弦，哀入黄陵风雨。还怕说、花落新亭，鹧鸪啼苦。

浮华如梦，沧桑过眼。这一阕《汩罗怨》，道不尽她心中的怅然和无奈。

因而，"以一弱女子，自立于社会"的碧城，为开拓眼界与胸襟，实现自己的"世界主义"，独自远渡重洋到欧美游学。

这样的碧城，更是令人钦佩。

碧城自费进入美国哥伦比亚大学研习美术、进修英语，并兼任上海《时报》特约记者，住进了纽约最豪华的旅店。此处的房租之高，令西方人下榻时间最多都不会超过七天，而她一住却是六个月。这着实惊动了当地富豪达官的夫人们，她们争相与其攀交。

只是，这些俗世的献媚奉承，终入不了她的眼。

于是，在周游欧美的日子里，她做的最多的是诗文记述。每游一地，必会记录。

哥伦比亚大学时期的吕碧城（左一）

寄情山水间，寓志文字里，闲适散淡的随性生活，使碧城对人性有了更多的参悟。

早年间，她曾请天台教观四十三世祖谛闲法师开示引导，谛闲曰："欠债当还，还了便没事了；既知道还债辛苦，以后切不可再欠。"1930年，碧城正式皈依佛门，法名曼智，从此，一代民国才女开始了青灯黄卷中的寂寞历练。

不过，这绝不是生得姿容娴雅清丽、眉眼皆能入画的吕碧城的全部。

人说"女子无才便是德"，说得入心入骨。诚然，女子无才自是甘于相夫教子、持家度日的，一生可过得安然。然而，女子若有才有貌，终是不甘寂寞人前、泪洒人后，即便是投身做了尼姑，隐身寺庵，可又有几人甘心就此将那如花之容、如锦之才尘封，一世青灯古佛了此残生？

再是清绝孤傲的奇情女子，一生也总要将一颗芳心安放在一个男子那里。

她，吕碧城也不例外。

她是女子，未能逃过情缘一劫

碧城的才情、容貌，是当时女子鲜少能及的。

加之她独有的穿衣风格，开阔的交际，使得她在任何场合都如一只华丽高傲的孔雀。人前，肆意招摇；人后，则是男人眼中的"惊才绝艳"，女人妒忌又心仪的"风姿绰约"。

她，真真正正活成了"人中之凤"。

只可惜，"才高人畸零"。

在她一生交往的人里，不乏才子、高官与巨贾，然却"生平可称许之男子不多"，千帆过尽皆不是，终究成了"民国第一剩女"。

当爱情只剩俗艳的壳，她即远离。

惊才绝艳的碧城，便是如此。

关于红尘情爱，碧城深谙其苦痛。

9岁时，因媒妁之言，她被议婚于同邑汪氏。那一年，她12岁，父因故不幸离世，雪上加霜的是，族人开始觊觎其家产，无耻地唆使匪徒强行幽禁其母严氏。

所幸，小小年纪的碧城，竟有着七尺男儿般的胆识，她火速以年家侄女的身份向时任江宁布政使的父亲生前好友樊增祥求助。最终，母亲真的由此脱险。只是未承想，她的这一行为会遭到准婆家的看低。他们竟以其小小年纪便可遇事"翻云覆雨"，未免日后家训难严为由，提出了退婚。

面对如此刁难，经历一劫又一劫的吕家自是门祚衰微，无力反抗。碧城母女，因为势单力孤而不得不委曲求全。

在那个年代，女子被退婚，是一件奇耻大辱的事。

这份耻辱，使小小的碧城感受到了世态炎凉，狠狠地在她心底深处烙下伤痕。这痛苦的印记，终生未曾消淡。

恨归恨，即便恨意比天高比海深，也跟爱无关，无法阻挡爱的靠近。

所以，在那么一天，他便无声无息地走进了她的世界。

这不禁让人想起那个烟视媚行的女子鱼玄机，她在初见子安（李亿）时，也生了碧城这般的欢喜吧。

长得眉眼生风、身如玉树的子安，虽是官宦贵胄之家的子弟，言谈举止间却无半点的娇狞恃贵之气，加之他对鱼玄机的才情姿容倾慕深久，鱼玄机那颗本已冰封的心渐渐化成柔软的水，终日为他一人愉悦地流动。可惜，他们没有在对的时间相遇。子安是有妻室的人，他的妻子在知道鱼玄机的存在后，三番五次地纠缠哭闹。

爱着她的他，不忍心让她受苦，便出资修葺了长安城郊的"咸宜观"，将其托付于内。然而，子安这一去，却是三年音讯杳然，自此再无重逢之日。

如是，心若死灰的玄机过上了醉生梦死、浮华奢靡的生活。

在那一座"咸宜观"里，她日间大开诗文饮宴之局，夜间则与钟情的男子同寝。生活之奢靡，瞬间使得她长安才女鱼玄机的艳名大起，引得四方文人雅士、王孙显贵趋之若鹜。只是，她心里始终只记挂着一人，迎来送往里，那颗奴家女儿的心对于浮华红尘无一丝波澜。因为，她只记得和他的欢愉。

鱼玄机和子安的情事，让人不免悲叹唏嘘。

我们回头看碧城和那人的过往，也会生出玄机和子安那般感怀。她那颗破碎过的心，在他的细致温存下，竟神奇地愈合，不见任何尘垢伤痕。她渐渐地生了雀跃之心，在他面前会率真地袒露心声和那些久久无法释怀的过往。而他，始终在默默地聆听，专注到不曾离去半步，将一点一滴的美好悉数为她珍藏。

可羡，这样美好的过往。

可惜，他们有缘无分。

再美好的过往，也只是过往。她和他终还是落入了俗套窠臼。

1920年，迫于政治情势，碧城不得不黯然出国，这一段良缘就此没了下文。

她和他的那段缠绵过往，终没能逃过玄机和子安不得已分开的命运。

不过我知道，她心里会始终记得，在上海居住的那些时日里，她向儒雅的他学道，并互述绵密心意。

她亦会始终记得，他的名字叫陈撄宁。

她，宁为玉碎不为瓦全

此后，碧城与袁家二公子交往。

其时，早在吕碧城任职总统府时，袁克文就爱上了这位比自己年长7岁的才女。

那际，碧城有一部词集《晓珠词》闻名于世，袁二公子极为欣赏，还作词写文传于碧城。碧城亦早闻袁克文颇有才情，见其诗词后遂心有所感。加之两人同在京城，便有了时相过从的机会。

那时，碧城常常参加袁克文主持的北海诗酒聚会，与京内名士唱和酬酢。碧城去沪后，两人间的书信依旧往来不断。及至袁克文十年后定居天津，两人还有诗词酬答。

青年吕碧城

只是，后续情愫全无。

后来谈及这段过往，碧城只淡淡地一笑道："袁属公子哥儿，只许在欢场中偎红依翠耳。"

好个独立高洁、深谙世事的吕碧城，爱之顿悟是这般明了。

也是，她想要的只是一颗可以唱和的诗心而已，然却不可得，便只能如两千年前的《诗经》一般，自顾自流淌着伤悲了。

男欢女爱之事，本就是当事者自个儿可轻率为之，旁观者更不必妄加议论。碧城这种宁为玉碎不为瓦全的爱情标准，未尝不是一种至高的境界！

这之后，她便换了一种人生的姿态。

身处魔都，她摇身一变，成了女富豪。关于财富来源，未有谁能清楚，多是猜测来自股市，亦或跟洋人合作贸易所得。她自己也只是轻轻带过，说自己略懂陶朱之道。

于是，她成了神秘的大龄剩女，举止豪放，出手阔绰。

曾经有友人聊起她的婚事。她便说道："生平可称心的男人

中年吕碧城

不多。梁启超早有家室，汪精卫太年轻，汪荣宝（当时江南四公子之一）人不错，也已结婚。张謇曾给我介绍过诸宗元，诸诗写得不错，但年届不惑，须眉皆白，也太不般配……"

这世间再没有谁能与之相配。

于是，她成了最自由的那一个，无牵无挂，只按着自己的秉性喜好生活。她入哥伦比亚大学旁听，攻读喜欢的文学和美术，学成归国后，第一时间住进了静安寺旁边的豪宅。

她将自己变成了上海滩最知名的交际花，穿露背装，跳交际舞，把自己的照片到处送人。

后来，或许是累了，或许还想见识更多的地方，她再次出发去了美国，又转往欧洲，游历了许多个国家，之后便长期旅居瑞士。没有谁知道那时的情况，只知她前卫地成了素食主义者，还做起了慈善，帮助流离失所的难民们。

而后，再次听闻她，已然皈依佛门。

尾语

1943年1月24日，吕碧城病逝于香港，时年60岁。

她将全部财产20余万港元布施于佛寺并留下遗嘱："遗体火化，把骨灰和入面粉为小丸，抛入海中，供鱼吞食。"

> 世事短如春梦，人情薄似秋云。不须计较苦劳心，万事原来有命。
>
> 幸遇三杯酒好，况逢一朵花新。片时欢笑且相亲，明日阴晴未定。

我想，世间女子都应像碧城这般，对北宋朱敦儒的这首词烂熟于心。

做女子，就当如碧城一般，拥有最强大的韧性，踮起足尖换一种谋生的姿态。即使脚下再泥泞也能生存，哪怕全世界都将其遗忘，亦可是一株向阳的坚信着自己的向日葵。

从始至终，都可以按自己喜欢的方式过一生！

黄蕙兰

生活，似一袭华美的袍

1893 年 — 1993 年

岁月深处，她的荣光如花，
于时间的荒野，会枯萎，会凋零，
一切的一切，没有永恒，
再是华美，也会趋于颓废，
似一袭华美的袍，细看，满是虱子。

富贵的家

1893年，她出生于爪哇。

她的家，富足可敌国。这样的家，有赖于祖父打下的基础、父亲精明的商业头脑。

祖父，是偷渡到南洋的，从底层做起，凭借着过人的胆识积累了大量财富，据说留下的遗产多达700万美元。父亲黄仲涵是个商业奇才，家业到了他的手中，很快便翻倍，钱生钱，直到打造出一个糖业帝国。他在当时爪哇的华侨富豪之中有着"糖王"的称号。

母亲魏明娘，则是华人圈第一美女。家世贫寒，却架不住长得肤如凝脂、貌美倾城，被"糖王"看中而娶为妻。只是，她如花的容颜在婚姻生活里渐渐变得稀疏平常，于是，"糖王"有了姨太太，一个、两个、三个……越来越多，最后达十八个之多。母亲是正室，地位无人可觊觎，但她内心生了满满的恨。母亲骨子里是传统的，她无法忍受丈夫的不忠。所以，在生下两个女儿之后，她就跟丈夫疏远了。

母亲是有爱情洁癖的人，所以学不会原谅。

在接下来的岁月里，母亲的眼里只有两个女儿，没了丈夫。她刻意地培养两个女儿，以上流社会名媛的标准给她们最丰盈富足的衣食住行。

他们家确也富足，足够支持母亲对她们的奢华培养。

彼时，爪哇还处在殖民统治下，华侨再富足也只能住在划定的"中国城"内。可是，她们家却打破常规，住进了欧洲人才能拥有的大豪宅里。此豪宅占地200多亩，整座府邸有山有水，有私人马场，还有私人动物园，富丽堂皇宛如皇家宫殿一般。据说，光维护房子的园丁就达50人之多。

3岁时，母亲就送她80克拉的钻石作为礼物。吃饭时，他们身侧有管家、用人，所用餐具皆是银制，更有中、欧两式厨房供餐。教育方面，父母亦给她请顶尖的私人家教。她虽未曾到过学校，却精通英、法、荷等六国语言，琴棋书画、舞蹈、马术等皆不在话下。母亲还带着她周游各国，结识各国皇室和名流。

只是，家庭的底色依然是冷的、凉的。

母亲的不快，母亲的恨意，让家的温度降到冰点，家成了仇恨的温床。或许，因为父亲对她最是宠爱，母亲便跟姐姐更亲近些。而对她，更多的是严苛，好些时候她都想离开这个家。

父亲，于她则是柔软的。

她是父亲所有孩子中最得宠的那一个，父亲吃饭，向来囫囵吞枣，风卷残云般，却必留出手来为她细心剔去鱼刺之类。

只是，她和这样慈爱的父亲在一起的时日不算多，更多的时间是跟母亲在一起。后来，母亲更是在对父亲一再续娶姨太太的厌烦中，选择远离，带着她和姐姐一起到了伦敦。

自此，她和父亲犹如时空隔绝，各自生活。

她，仓促的婚姻

19岁，她不负母亲所望，成了社交圈名媛中的翘楚，周旋于各界名流之中，若蝶飞舞，似雀开屏，让无数名流为之倾倒，纷纷拜倒在她的石榴裙下。

她情窦初开，亦有"我一生最奢侈的事，就是途中与你相遇"般对爱的美好执念，所以，她暗恋过德国的军官，喜欢过银行家的公子，只可惜，每次感情都无疾而终。原因无他，破坏之人都是"糖王"。

他爱护她，所以她交往的对象必得过他这一关，他会动用私人侦探，亦会阻止各种不怀好意的人。

然而，他日防夜防，终是没办法破坏夫人给女儿选的姻缘。

被魏明娘看中的女婿，乃是那被公认为"民国三大美男子"之一的顾维钧。

顾维钧，27岁成为驻外使节。1919年，作为中国代表团成员参加巴黎和会时拒签辱国条约，缔造了"弱国也有外交"的奇迹。

他读过新式私塾，曾留学美国哥伦比亚大学并获得公法及外交博士学位，是个前途无量的青年才俊。只是，对她而言，他并不完美，他曾有过两任妻子，还留下几个孩子。父亲"糖王"在对他调查了一遍之后，亦是反对的。因为父亲太清楚男人在拥有过三妻四妾之后，便再不会懂得珍惜。所以，他不希望自己的宝贝女儿得不到真爱。

然而，姐姐和母亲却极力撮合。

尤其姐姐，是没有考虑他适不适合妹妹的，也未曾考虑过妹妹是否爱他，她只知道顾维钧所代表的权势是她们用多少金钱都无法买来的。

于是，她极力劝说母亲，与自己一起撮合。

和母亲正在意大利游玩的黄蕙兰中途去了巴黎的姐姐黄琮兰的家，姐姐和母亲为他们的见面安排了宴会，初见，她对他无任何好感。留着老式平头的他，衣着保守，不会跳舞亦不会骑马，这完全不是她心目中夫君的样子。

而顾维钧对她，是生了爱慕之心的。当初在姐姐黄琮兰家钢琴上看到她的照片时，他就心生爱意。所以，面对她的拒绝，他用上了外交官的本领，以言谈举止中展现的魅力悄悄打动着她。

加之，他们约会时，乘坐的是法国政府提供的有着外交特权的车，听歌剧享用的是国事包厢……

这种荣耀和特权，于挥金如土的"糖王"家族而言也是稀缺的，这是用多少钱都买不到的权势。

于是，她在他特殊身份的光环下得到了满足，开始亦步亦趋地跟随他。

只是，这恋情仍是仓促的。

他们的爱情，没有轰轰烈烈，也没有花前月下的浪漫，那一句"我有两个孩子，需要一位母亲"的求婚告白，更是如同白开水一般。

以至于后来的后来，在世人的眼中，他们的结合并不纯粹，不过是各取所需。

黄蕙兰和儿子

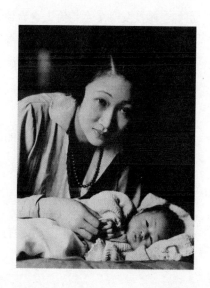

她，取他的权势荣光；他，取她的泼天富贵。

事实如何，不是当事人谁都无法定论。

她，灼灼其华

1920年10月21日，他们闪婚。

婚礼十分隆重盛大，许多内政官员与外交使节都来助兴，只是唯独没有黄父"糖王"。这，于她或许是个不小的遗憾。

婚姻生活，亦从最初就显现出凉薄。

新婚之夜，在开往日内瓦的火车上，她穿着华服，艳美地坐在他面前。他却视若无睹地自顾自办起公来，连头都没抬一下。

不过，很快她就被权力的荣光包围。

她的头衔中，有了最亮丽的称谓——"外交官夫人"，这是用金钱无法获得的，对于她是极为珍贵的。她成了真正的位高权重的贵妇，她挟父之多金，倚夫之显要，用己之社交，开始正式活跃于国际外交舞台，过起了令她"兴奋的日子"。

她深谙西方文明，见多识广，谈吐非凡，又细研上流社会和内政场所的游戏规则，很快就成了外交舞台上灼灼其华的大使夫人。

因此，她被称为"远东最美丽的珍珠"。

她参加白金汉宫战后首次宫廷舞会、出席杜鲁门总统就职典礼，气场也未曾减弱半分。

驻巴黎总领事袁道丰曾说："当大使太太是最适合黄蕙兰的胃口，与西人酬酢应答如流，也确有她的一套。很少有中国大使的太太能够和她比拟的。"

20世纪的时尚女王黄蕙兰，一位外国友人写诗称她是"远东最美丽的珍珠"

是的，她是天生适合外交舞台的演员。

她的灼灼其华，除了外交的一面，还有自身气质形象的一面。她还被称为民国"时尚教母"，引无数人模仿追捧。

她最爱穿旗袍，在泛着潋滟光泽的丝绸和针线精致婉转的刺绣映衬下，她若花绽放。

"黄蕙兰同款"，也成为当时时髦的代名词。某一年，她因为皮肤病不能穿袜子，爱美的她，就在上海的寒冬里光腿穿起了旗袍，结果第二天上海的"时髦精"们个个效仿起来，一时间"冷天光腿"竟然成了新时尚。

暮年之时，她在香港看到一些人家用古董绣花裙子盖在钢琴上挡灰，觉得是"暴殄天物"，于是低价收了多件。在巴黎，她穿着这些古董高定绣花裙参加晚宴，惹无数人追捧购买。

这样的她，是时尚偶像，亦是头号带货女王。

据说有一次VOGUE（美国《时尚》杂志）提及她这个东方时

尚教主。她以独有的时尚魅力，力压宋美龄，成为"最佳着装"中国女性。

此隽誉，她当之无愧！

隔着岁月光影，她再次被人们倾慕着、怀念着。

只是，他不是良人

李碧华曾经写过："女人最大的误会：她以为是'爱情'，他只是'调戏'。"

此言语，用于黄蕙兰和顾维钧的那段姻缘最恰当。最初，她并未坠入爱河，可他炽热的追求、殷切的温情，让她以为这就是爱情了。现在看来，他只是需要一个长袖善舞、多金美丽的妻子，来为自己助力。

婚后，她为了让做外交官的他更体面，竟自掏腰包斥巨资将早已破败不堪的大使馆修缮一新，更从中国各地买来各式家具、陈设来装点门面。他因她的加持而仕途坦荡，如虎添翼，不到40岁就出任了国务总理一职。

为此，她还在天津、北京、上海等地置办了多处房产，更豪掷10万美元买下陈圆圆的故居，作为他们在北京的家。而后，顾家府邸就成了交际的中心，一时她成了风光无限的名媛夫人。

只是，他渐渐厌烦了。

她的锋芒，他觉得太过耀眼。她的珠光宝气，亦是他不喜欢的，他曾要求她"除了我买给你的饰物外，什么也不戴"，可这要求除了伤人起不了什么真正的作用。她自小奢侈惯了，怎能容忍这种要求？于是，她每花一分钱他就多厌烦她一分，常以冷漠的态度来对待她。

她生得妖娆妩媚，且周旋于各式权贵、政要之间，虽然出尽风头，却也招致一些流言蜚语。时日久了，他对她的厌烦更深了，男子皆可容忍自己多情，可看不得自己的女人多情，哪怕自己不爱她。他表情里有了淡漠，言语里有了万种奚落，他的种种行为让她寒心不已。

她本遵守妇道，知道女子的忠贞意味着什么，他的误会，让她心生委屈。

嫌隙渐深，他们心里都有了难于逾越的隔阂。

他开始动了心思，将自己的感情交付给另一个名媛。他关注的是自己的下属杨光泩的夫人严幼韵。

严幼韵生于富贵人家，也是个天生的千金小姐，只是比起黄家固然差得远。不过，她胜在年纪小，温柔、俏丽，极似一株海棠，花一般的好年华，自有魅力万千。

她比黄蕙兰小十几岁，曾经也是名噪一时的风云人物。

她就读于复旦大学时，穿艳美婉约的旗袍，开自家小轿车上学，当时有众多仰慕者追随，更有男生按着她的车牌号84亲昵地叫她"Eighty Four"，用韵味甜腻的上海话念出来，唇齿间发出的音是"爱的花"。

如此美好的女孩，在舞会上认识了清华毕业，又在普林斯顿大学拿下国际公法哲学博士学位的内政官杨光泩。于是，青年才俊、貌美名媛的一段良缘很快结成。

是怎样的电光石火，让严幼韵和顾维钧彼此心动，我们不得而知。

历史云霭里戏说多，真相难寻。我们只知道，他们相爱了，且当时顾维钧是个有妇之夫。

由此可见，顾维钧确实不是黄蕙兰的良人。

他虽不爱她，虽移情别恋了，但还要利用她的财富及她的八面玲珑，来让自己的事业更为成功。

如此凉薄的男人，真令人心寒！

没有不散的筵席

她毕竟是女子。

面对顾维钧的私情，她对他也如寻常街巷的女子一般去闹了。

她当着张学良等人的面，怒不可遏地兴师问罪，当她将一杯茶水浇在他身上时，他却气定神闲地自顾自打牌，懒得与她有任何交涉。这样的无视，比不爱更羞辱人。

最终，她只得黯然离去。

当他不爱时，你爱是错，你闹亦是错。于他而言，你的所有都是错。

她也想过其他办法。骄傲了半生，很难看着他们浓情蜜意，于是，她想尽办法将顾、严二人分开。

确实，这个办法也成功了。

只是，留住无爱的婚姻又如何，剩下的只是森森的冰冷。

心灰意冷的她，深知无论怎样也无法挽回这段婚姻了，于是，选择放手。

那一年，63岁的她向68岁的他提出了离婚，结束了这段长达36年貌合神离的婚姻。

"凉风吹过，你醒了。真正的'聪明'是在适当的时间离场"，不记得是谁说过的句子，对于当时做出抉择的她是如此贴切。

几年后，顾维钧娶了严幼韵为妻。

而她，在黯然神伤的日子里，拒绝了一些邀约，独自一人居住于纽约曼哈顿的公寓里。她学会了独自打理自己的一切生活。犹如冒险一般，却很充实，生活不再如梦境，遍地都是人间烟火了。

这样的生活，于她亦是好的。

千帆过尽，其实她活得始终淡然。

只是，有些事情，她仍放不下。

曾经有人谈及顾维钧对自己婚姻的"总结"。他是这样说的：与唐宝玥的婚姻，主贵；与黄蕙兰，主富；而与严幼韵则是主爱。

是的，关于她，他承认的始终是她的钱、她的八面玲珑对于自己事业的帮助；而他的爱，只给了中年逢遇的"红颜"严幼韵。

这才是让她最痛的事吧。

一生风光无限，到头来输得最惨烈的是爱情。或许正因此，在她自己晚年写就的自传《没有不散的筵席》里，有这样一段话："我的老朋友郑弼庭，历任很多政府要职包括驻英大使，曾经写过一段话：'有一位很有学问的英国人曾经问过我，最冷酷的一句中国成语是什么。我想了一下，告诉他说，'天下没有不散的筵席'。"

是的，这世间没有不散的筵席。

尾语

如烟风华，岁月越用越薄。

她独居，年近六旬，只能靠着父亲留下的50万美金的利息养老。

千金散尽，她终不再是那个富堪敌国的女子。

她成了最寻常的老太太，养了一只小狗作伴。她仍自称是"顾

独居纽约的黄蕙兰

太太"，公寓的墙上贴满了她和顾维钧出访时的照片；她亦开始写回忆录，细碎回忆自己走过的一生，回忆自己和顾维钧的恩恩怨怨。有怨，却无仇，更无半点恶语，她写道："他是个可敬的人，中国很需要的人，但不是我所要的丈夫。"

一切幡然顿悟里，全是入世之心。

她已不是那个我行我素，承万千娇宠的贵小姐，她知晓所有人的生命都会承受这样或者那样的痛苦。诚如她写的："或许外人看来，这种好生活令人向往，求之不得。可是，我体验到的不幸太多了。在我年事已高，阅历丰富的今天，我足以意识到这就是生活的一部分。世上无人不遭受折磨，或是这方面，或是那方面，正因如此，才使我们相识、相怜。"

所以，她将自传取名为《没有不散的筵席》。

自传写完，她已近80岁高龄。

是如此吧！

只是，一场华丽盛宴之后，杯盘狼藉，只剩一身瘦影孤单。

　　1993年12月，她的诞辰那一天，在经历了风雨人生之后，她安然离开人世。

　　这世间，再不曾有像她如此闪耀的名媛。

潘玉良

人生一世，要努力活得丰盈

1895 年 — 1977 年

生而为人，她的出身是卑微的。

然而，她的坚忍、努力、独立、自信，让她熬过最黑的夜，成为最闪亮的星。

诚如她自己所说：我的一生，是中国女人为爱和理念争取女人自信的一生。

生活，于她来说始终是活给自己的。

由此，我们看到一个生不逢时、际遇堪怜的人，摆脱了时代与命运的桎梏，成了世人尊称的"一代画魂"。

她，就是绘画大师潘玉良。

遇对一人，可得盛世

幼年时，她就成了孤儿。

母亲临终前，将她托付给不成器的舅舅，这真是一个错到极致的决定。14岁，她便被烂赌成性的舅舅残忍地卖到烟花柳巷，迫使她背井离乡，开始了暗无天日的清倌人生涯。

据说，她为逃出魔窟，多次毁容，落得一副不美的容貌。事实如何，我们不多做追索，唯一可以断定的是，她最终没有真正地沦落到用身子迎来送往的地步。

此，亦是为了遇见一个他吧！

当我足够好，恰巧遇见你。说的即是这般吧。

他改变了她一生的厄运，成就了她传奇的一生。

他就是日后因着她的名气，而被世人知晓的优质男人潘赞化。

也是，若没有他，应是没有日后惊艳中国画坛的传奇女子潘玉良的。

世事，亦都是命中注定的吧！

且说，那一日，年轻的他来芜湖上任，当地政府及工商各界同人为他接风洗尘，举办了一场盛宴。席间，商会会长特意让玉良献上弦歌来助兴。

彼时，玉良17岁，在一众逆来顺受的姐妹之中，她虽没有倾国倾城的貌，却气质出众，吹拉弹唱的技艺更是娴熟。

当玉良弹唱起那阕《卜算子》古调时，他的心即刻被吸引了。

凄怨悠远的曲子里，有玉良深情注入的渴望自由的心绪。

他问玉良："这是谁的词？"

玉良幽幽自语道："南宋天台营妓严蕊！"

如此一问一答间，彼此便生了爱慕之心。

灵慧的玉良，在妓院长久难挨的时日里，早已阅尽种种男人，什么样的人是嫖赌成性、无责任心的，什么样的人是可以托付终身的，她都可一眼辨之。

她在第一眼看到他时，便笃定地认为他可以救赎自己，玉良那颗想逃跑的心又蠢蠢欲动起来。她决定，冒着莫大的危险去求他赎了她。

想到此节，我眼前会出现《盛世恋》里的情景："书静初见方国楚的时候……她突然停下来，像戏子行将出场，预知台上厮杀热闹，便停下来，吸一口大气，再迎上去。"如此决绝不顾。

我想，当时的潘玉良即若程书静这般的心情吧。

事实上，如她所想所料，醇良儒雅的潘赞化，那日一见确也是对她动了隐恻之心的。于是，他拿一个男人的荣光，冒险为她赎身。

女子这一生，若逢到一个真正的良人，便是可获得一世的幸福的。玉良即如此。

遇到了这个叫潘赞化的男子，是她之幸。

试想，她一个娼门女子，可谓身无长物，肩不能挑手不能提。她所会的，所受过的教育，无非女红、梳妆之类的小伎俩罢了，目的只是取悦男人、供其享乐。即使琴棋书画、歌舞诗文，样样了得，也不过是为男人赏玩淫乐助兴的，都不足以让她们出了娼门后糊口度日。

难得潘赞化是那通情达理之人，见她孤零漂泊似无根之花，心里终是放不下。他摈除掉一切封建思想的干扰，将她娶进门，虽为妾却是明媒正娶。

新婚夜，她冠以夫姓，来表达感激之意，亦表示自己的重生。

只是，在那样一个充满封建思想的时代，你一人可躲避那世俗里的种种干扰，却无法阻止来自别人的干预。更何况，他还有一个明媒正娶的妻。虽然这个正牌的妻不是那么讨潘赞化的喜欢，但却可以端起架子来跟玉良较量，并且还是高昂着头，凛冽地站在那里俯视低跪着的玉良。说来，若是换作别人，她倒不必这般大费周章地与之较量。她亦不怕丈夫纳妾，因为那时一妻一妾是再正常不过的事，妻、妾即使共处亦如穿衣吃饭般稀松平常。她无法容忍的，是他纳了一个青楼女子为妾。自己好歹也是正经人家出来的闺秀，如何能和她这青楼女子共事一夫？

她，断然做不到！

于是，她仗着大房的身份百般挑剔玉良，比古时的恶婆婆还要刻薄。

无奈之下，潘赞化便带玉良背井离乡，定居在上海一个叫渔阳里的地方。

世间事，就是这样有定数的。

玉良，正是因为潘赞化的这个决定而得以拥有她此生的绝代风华。

虽然，这也有赖于她那颗坚忍的心和过人天赋。

他，给她重生，让她涅槃

他们住进了渔阳里一幢石库门房子。

在这里，她似凤凰涅槃，得以重生。虽然她还只是他的妾，但却可以正儿八经地与自己心爱的男人过寻常人的日常生活。对她而言，这样的生活美好得无与伦比。

她开始用一腔热情来打造属于他们的生活。

尽管，他们所住的院子不大，房子亦半旧，但是她仍热情满满地用了几天时间购置了布置房间所需的用品，并且，在她那一双翻转即可成花的巧手下，小家顿时显得典雅洁净。

如此会生活、体己贴心的女子，男子谁会不爱？这无关乎长相容颜了。

我想，潘赞化爱的就是玉良这般的兰心蕙质。

毕竟，玉良不美。

彼时，渔阳里住着很多大人物。著名画家洪野先生就住在他们隔壁，玉良能看到创作中的他。

因为常看洪野先生的画，玉良骨子里的绘画天赋竟被激发出来了。没事的时候，她会去洪野先生家里，随性地涂抹上几笔，仿佛是打发日子，倒未曾想到学习绘画。

据说，还是他们的证婚人陈独秀，发现了她的绘画才情。

于是，他积极地"怂恿"潘赞化让玉良学习绘画。结果，在这一怂恿下，她不仅成了洪野先生的入室弟子，更成了中国现代绘画史上举足轻重的人物。

1918年，刘海粟先生在上海美术专科学校担任校长，为中国近代美术史添上了一抹影响深远的华彩笔墨。在老师、丈夫一众人的支持下，玉良不负众望考取了这所学校。

可是，当学校张贴榜单公布考生成绩时，玉良的名字却不见踪影。

原来，竟是教务主任生怕这样一个青楼女子给学校带来污秽的名声而刻意抹掉了。所幸，她遇到的校长是刘海粟先生，他得知这一情况后，立马拿上一支毛笔，在发榜单上写下了"潘玉良"三个大字。

就这样，潘玉良成了当时上海美专的第一批女学生，师从大师朱屺瞻、王济远先生。

为这得来不易的学习机会，玉良是怀着感恩戴德之心的。

那时，上海美专率先引进了西洋画派的人体绘画。

玉良，对人体绘画情有独钟。

然而，在那个民风还非常保守的年代，画人体显然触碰了社会一大禁忌。想来也是，我们的情色爱欲在几千年里都是被藏着掖着的，一旦这样赤裸裸地大白于天下，是很难被世人接受的。

有些事、有些观念，即使岁月不居，时节如流，到头来依旧是根深蒂固的。

不过，这些都不能阻止玉良对人体绘画的痴迷，人体绘画艺术课上的赤裸袒陈，在她眼里是最沉静清明的，如月皎洁，映照人心。

如果没有人体模特，她就专门跑到浴室去画，被人逮到攻击大骂；实在没办法，就干脆自己脱了衣服对着镜子画自画像。

潘玉良的自画像

画画，犹如她抓到的一根救命稻草一般。所以，不论人像画还是裸体画，她都以纤毫毕现的笔触直指人性。

毕业时，她创作的人体素描及速写作品参加了汇报展览，不仅惊呆了同学师长，连校长刘海粟也被惊着了。不过，他清醒地意识到，在封建思想依旧是主流的国度，以大家的惯性思维，潘玉良的绘画天赋是会被无情扼杀掉的。

于是，他建议潘赞化送玉良到国外留学，继续在绘画艺术上深造。

潘赞化是个胸怀磊落的男子，无私地为玉良在安徽省教育厅申请了一个官费留学的名额。

这样的潘赞化，真是一个"武人不苟战，是为武中之文；文人不迂腐，是为文中之武"的人。

1921年，玉良远渡重洋，到了法国的里昂国立美专进行深造。

只可惜，这一离开，便注定了她一生的漂泊。

生命，是一张繁复不堪的药方

循着玉良走过的足迹，时常，我会记起黄碧云在《失城》里的一句话："生命像一张繁复不堪的药方，如是二钱，如是一两。"

诚然，玉良的生命，就是这样一张繁复不堪的药方，如是二钱，如是一两。尽管她一再努力改变，努力争取，那定了模子的她的生命的样子，还是在那里。

当玉良结束近九年的异国求学生涯，应对自己有知遇之恩的刘海粟邀请，回到自己的母校上海美术专科学校任职教授后，她便深刻知晓了那满目疮痍的生命的本来模样。

尽管她在事业上有了质的飞跃，跟当时一流的绘画名家共事，却无法在生活里，那俗世的生活里飞跃而出。

在潘赞化的正妻眼中，玉良始终是个青楼出身的妾。

彼时，即便亲夫、亲子皆不在身边，她原配夫人的架子却照旧端得笔直。玉良通晓世礼，虽然今时之身份远非过往可比，但还是基于礼数想着要去拜访大太太的。同为女人，她是能深刻体会到空守在老家的大太太的苦痛的。于心不忍之下，她曾多次央求潘赞化带她回去亲拜大太太，然而潘赞化却总找托辞婉拒。

她想，潘赞化应是有难言之隐的。于是作罢。

未曾想到，她没去，大太太反而来了。一来，大太太就打电话，不客气地要求正在授课的玉良马上回家。结果，玉良下了课刚到家门口，就听到屋子里大太太说：她不管潘玉良是什么著名的画家，什么大学的教授。潘玉良在这个家就是妾，妾就得给她这个大太太下跪，请安。

如此不留情面的话语，令玉良恍如被雷劈一般，将被强行遗忘的过往再次揪出。

旁边的潘赞化，为她据理力争，她为了不使他为难，竟然"啪"的一声跪了下去。

这一跪，她是又跪回了自己那不堪的"前世"。

曾经，在潘赞化给予的爱中，她几乎忘记了那不堪回首的曾经。可是，爱里哪能全都是甜蜜的？多数时候，是苦涩的。倘若爱是一朵莲，最瑰丽的爱一定是那清苦的莲心，一直苦到心坎上，然后才能有那圣洁的莲花。

可赞的是，即便爱是这般苦，她对他的爱意仍浓。

风尘岁月玷污的只是她的凡胎肉身，心还是庙堂上的那一缕青烟，她仍纤尘不染地爱着他。

方君璧（前排右二）、潘玉良（前排左三）等在潘玉良画室聚会

只是，穿越了爱情的苦难，却还是无法穿越世俗的偏见。

那是1936年的事了。她第五次举办自己的个展。

此次画展上，她的作品《人力壮士》却为她招来莫大的羞辱。当天晚上，画展不仅被人恶意破坏，大部分画作被毁坏，《人力壮士》的画上更是被写上了这样的话——"妓女对嫖客的颂歌"。

这句话，彻底摧毁了玉良拼尽生命得来的精神支柱。

她本以为，自己已是破茧振翅而飞的蝶，那段尘缘往事该是"柳岸花明"般清明无污了。然而，在那样一个旧时代，一个女人的"前世"似要比她的"今生"更易为旁人所诟病。

她彻底灰心，再无斗志了。

于是，在1937年，42岁的她借着参加巴黎举办的"万国博览会"和举办自己的画展之机，再次赴法。

只是，这一走，她即客居海外四十年，再未能回来。

她的人生里，憾事也多了这一件。

山河不足重，重在遇知己

因为她深爱潘赞化，在法国的四十年间，始终自称"三不女人"：不谈恋爱，不加入外国籍，不依附画廊拍卖作品。

也正是因了这"三不"主义，她的生活常常落入拮据的境地。

所幸，在法国漂泊的那些清苦的日子，玉良遇着一个真正体己贴心的知己。

唐朝诗人鲍溶曾云："山河不足重，重在遇知己。"

他的名字叫王守义，这个留法的中国男子，在她漂泊无所依的四十年里，给予她温情，给予她爱，从不使她落入冰海一般的孤寂中。

在法国，王守义经营着一家名为"东方饭店"的中餐馆，生活因此富足。于是，他可以有余力来照顾玉良的生活，有时间来陪伴孤寂的玉良。在那漫长的岁月里，他时常去她的寓所看望她、陪伴她。他帮她举办艺术沙龙，亦时常陪她出入朋友的艺术沙龙以满足她跟人切磋画技的需求。随着玉良在艺术沙龙中的地位日渐提高，他还陪着玉良不断出入凡尔赛宫、卢浮宫等艺术宫殿观赏艺术珍品。另外，他还会静静地陪着她在塞纳河河畔写生。更在其有生之年里，一直设法为玉良筹资，并多方奔走为其举办画展。后来，在他的各种努力下，玉良的画展真的一场一场地举办起来，因此玉良在欧洲各国都留下了独树一帜的身影。

亦因此，他成了流言蜚语中潘玉良的异国情人。

大家之所以这般笃定地认为，还有一个原因是，在巴黎蒙巴纳斯墓园第七墓区玉良的墓碑上，除了潘玉良的名字外，还刻有王守义的名字。

不过，他们之间是清白的，断然没有杜拉斯《情人》中的任何

潘玉良创作《王守义胸像》

情境。

在玉良的心中，谁也替代不了她深爱着的那个人。

当她终于在海外艺坛声名鹊起时，潘赞化的境遇却并不好。时常，他要靠着玉良在法国卖了画，周济一家人的生活。在遥远的异国，她始终牵挂着他，即便山重水复也定要等到柳暗花明地等着他。

她始终相信会有一日，他们还可以重逢，过那寻常夫妻的美好生活。

然而，诸多原因导致她始终未能成行，再未能回到他的身边。

1959年，她深爱一生的潘赞化与世长辞。

坏境遇，说的就是这般吧！

总不会遂人所愿，总会将人伤得个透心凉。哪怕，你曾如此努力地生活过。

多年后，玉良在巴黎辞世。

人们在她的遗物中，发现了两件物什：一件，是成婚时潘赞化送给她的西式鸡心盒项链，项链里藏着两幅小照片，她的和他的；一件，是当年蔡锷将军送给潘赞化的怀表，那是她前往法国之时，潘赞化亲自交到她手中的。

曾想和你"山寺月中寻桂子，郡亭枕上看潮头"，谁知一切成梦，终老未能复见。

隔着浩瀚的海洋，隔着催人老的光阴，在某个月明星稀的夜，不知会否传来他们彼此遥望的哀叹声？

尾语

回望玉良的一生，心有安然。

她始终努力地生活着，让自己独立、丰盈而美好。

这样的女子，最美。不依赖，不攀附，即便陷入逆境亦可坚韧地活着。像向日葵一般，始终向阳。

潘玉良（中间）和友人

想，一个独身的女子，活在那个世纪那个年代是真不容易，二十出头的好年纪还好，多半可在有男人追求的时光里度过；到了三四十岁所谓半老徐娘，恐怕就有风言风语及那无聊的骚扰要应付了；五十之后，上了年纪更是可怕，那无底洞般的寂寞是任谁都无法忍受的。

可是，玉良不同。

为了深爱的人，能终生忍受这些，并且无所期待。

这样的玉良，用执着耗尽年华，一生执着于一人，一生执着于艺术，重塑自己，如同凤凰涅槃，浴火重生。

如此，得以留传奇在往后万千的岁月里。

蒋碧薇

活出自我，才是最高段位

1899 年 — 1978 年

人生，是一个故事。

唱念做打，演绎的不过是一出戏。

悲喜皆有，爱恨亦有。

做一个生活的逆袭者，则爱与被爱，都可自获幸福。

那时，她的名字叫蒋棠珍

人生，有许多遇见。遇见谁，亦如同宿命。

她遇见他，便是命中注定。那时，她的名字叫蒋棠珍。

18岁的妙龄年华，是会冲动地于瞬间爱上一个人的。这个年龄的棠珍，即如此。所以当她在窗帘后，听着伯父和徐悲鸿聊天时，如小鹿乱撞般，一颗少女芳心便悸动了。

尽管当时，她已是苏州望族查家的准儿媳，可媒妁之言中的男子从未在她心里掀起任何涟漪。他只是一个被人言说的影子，从未入了她的心。

徐悲鸿，则不同。

首先，他独特的外表在他们初见时便俘获了她的心。另外，他的那些奇闻逸事更是如同一首悦耳的歌，回响在她的心海。在她看来，白布鞋里穿双红袜子为父服丧，天一亮由城里步行30里赶去上课，中途过家门而不入……这样的徐悲鸿，是与众不同的，且是极具吸引力的。

对这样的悲鸿，棠珍也是迷恋的。

有人说，与其说是她爱上徐悲鸿，不如说是她看中了他二十出头就有的出众才情和独特魅力。

其实，哪个女子的爱，不是由崇拜开始的呢？

他们之间，可谓两情相悦。

徐悲鸿对棠珍的爱意，亦是由第一眼开始的。作为棠珍的伯父蒋兆兰和姐夫程伯威的好友，因为和他们同在宜兴女子学校教书的缘故，他深得棠珍父母的喜爱。因而，在爱上棠珍之初，他便借由这关系成了蒋家的常客。

时日长久，爱恋，在他们的心里暗自开出花来。

徐悲鸿《蜜月》

　　喜欢徐悲鸿的棠珍父母，亦慨叹道："要是我们再有一个女儿就好了。"棠珍，明了父母的慨叹及对悲鸿的喜爱。那时姐姐早已嫁人，而自己也早已订婚，她的父母多么想拥有徐悲鸿这般的好女婿！不过，他们仍是活在旧时的人，认为媒妁之言的约束如一道鸿沟，无以逾越，即便觉得悲鸿如此好，亦无法做到接纳。

　　棠珍，还没叫碧薇的棠珍，却不曾畏惧过，一丝一毫都未曾有过。她决绝地遵循着自己的那颗真心，对悲鸿的爱意流露在言语中、行动中。

　　她是敢爱的女子，亦是勇敢的女子。

　　后来，悲鸿托挚友朱了洲先生到她家，趁她父母不在的空当问她："假如现在有一个人，想带你去国外，你去不去？"这时棠珍表现出了果敢的一面，她虽怀着一颗羞涩的少女心，但仍果断地给了肯定的回答。

　　真是个有魄力的女子！就今日而言，也未见有几多这样的女子。

　　要知道，那时的她还未曾正式和任何一个男子有过一次单独的约会。

　　也许，这是爱的力量吧。

　　她将一封告别信留在了母亲摆钱账的抽屉里，将13岁就已订好的婚约抛到脑后，一腔热忱地奔赴几近陌生的悲鸿的怀抱。

也许，这个年龄的她，除了勇敢爱，再没有什么事更重要了。

他为她取名碧薇

1917年，棠珍跟随深爱的男人东渡，到了日本。

这一叛逆而大胆的举动，让她名动社会的同时，也给蒋家带来了极大的麻烦。所幸，她的父母温善，在为她善后之余，最终还是原谅了他们。

蒋家毕竟是名门望族，凡事都得有所交代。女儿私奔了，蒋家只得演了一出无她出场的戏目。对外宣称她已病故，并且像模像样地演了出哭灵、出殡的闹剧。从此，那个叫棠珍的女子随着这幕闹剧被掩去了。

这世间，再无那个叫蒋棠珍的女孩，她被一个叫蒋碧薇的女子取代。

碧薇，是悲鸿为她取的名字。

这名字，她全为喜爱。在晚年回忆录里，她还曾追忆道：

"这以后徐先生便私下为我取了一个名字：碧薇还刻了一对水晶戒指，一只上刻'悲鸿'，一只镌着'碧薇'。他把碧薇的名戒整天戴在手上，有人问他这是什么意思？他很得意地笑着回答：'这是我未来的太太的名字。'人家追问他未来的太太是谁呢？他神秘地笑笑，不再答复。"

爱情的美好，就是这般吧。

在日本的生活，并不惬意，更多的是清贫。悲鸿到了日本后，疯狂地迷恋上日本的仿制原画，见到喜欢的必然会入手。尽管生活上已经极度节省了，他们身上带的钱，还是不到半年就花光了。

爱情的支持，是强大的。

在贫困潦倒之际，碧薇硬着头皮回到老家去求父母。心疼女儿的两位老人，也就接纳了悲鸿。

为了爱，碧薇是舍弃一切来帮他的。

不久，在蔡元培、傅增湘的帮助下，他们又得以远航，到法国留学。悲鸿进入法国国立最高艺术学校，碧薇则进了当地一家好学校。

只是，人生地不熟，加之语言的障碍，使得他们一时难以融入当地的生活。那段时间，是他们人生中最清苦的时期。不过，两个人之间的感情，却是最为融洽。

那时，碧薇为了给悲鸿买一块怀表，偷偷地将饭钱省下来；看见一件喜欢的风衣，却在路过那家商场无数次后，仍没舍得买下。甚至有那么一段时日，他们两人几乎断了粮食。他们互相拥抱着，没有饭吃，只能用体温为对方取暖。可以说，碧薇陪着悲鸿在巴黎停驻的几年间，是她人生中最艰苦的一段日子。

不过，这样的日子终于过去了。

苦尽甘来，他们终于熬了过去。悲鸿的事业，终于有成。

1927年12月，他们的儿子出生。不久，他们在南京买了房子。他们一个在家专心抚养孩子，一个辛苦去大学授课，一家人可谓其乐融融。

只是，时日渐长，两个熟稔的人，总会生出厌来。尤其是夫妻。

碧薇和悲鸿便是如此。

孩子渐渐大了，碧薇为消除寂寞，便仿照法国的沙龙，在家举办舞会。悲鸿却对这种舞会很不喜欢，一回家就直奔画室，如同躲避瘟疫一般。渐渐地，他们之间失去了以往绵密的连接。

爱人间的裂痕，在他们中间愈来愈深。

中年蒋碧薇

一个叫孙多慈的女子

人说，大凡艺术家，都有一颗敏感、活跃的心，而这颗时时处于骚动状态的心，正是艺术创作不可或缺的源泉。

这在悲鸿身上真是适用啊。

留学法国期间，悲鸿没钱请模特，于是将碧薇作为自己的模特进行创作。《韵律》《箫声》里都留下了碧薇娇俏的身影。可是，待到事业有成后，善于交际的碧薇早已不在他的心底了，他已找不到与碧薇热恋时的感觉了。

此际，他需要一把烈焰，重新燃起他心中的艺术火种。

不久，他找到了，是在中央大学旁听他上课的孙多慈。

年轻的孙多慈，气质冰清玉洁，加上有一定的绘画天分，配以她独有的少女的清新纯真，一下子就俘获了悲鸿的心。

于是，悲鸿的笔下渐渐多了描绘孙多慈的素描和油画。

画家的爱情，亦来得快。很快，他便爱上了孙多慈。孙多慈赠他红豆，他便将红豆镶金做成戒指，并在其上刻"慈悲"二字。他手上的戒指，于十年时光的流转中，"碧薇"换成了"慈悲"二字。"碧薇"二字，以及碧薇这个人，皆随着那旧了的戒指，湮没于流年之中。

镌刻着"慈悲"二字的戒指，于碧薇真是碍眼堵心。碧薇从中觉察到感情的危机，家庭的破碎。

她有过一段痛苦不堪的挣扎，然而当她走进悲鸿在中大艺术系的画室，看到那幅《台城月夜》之后，她的自我防线彻底崩溃。她立马横刀捍卫起自己的婚姻。她疯狂地拔掉孙多慈送给悲鸿放于画室的枫树苗。后来又写信给相关部门，搅黄了悲鸿一心促成孙多慈官费留学一事。

她为了爱情，撒泼了。

然而，爱若不在了，任你千般纠缠，终究还是留不住。

对此，悲鸿的疏远，给出了铁证和注脚。

他愤然将画室命名为"无枫堂"。

1944年，他在贵阳《中央日报》刊登了如下启事：

> 悲鸿与蒋碧薇女士因意志不合，断绝同居关系已历八年。中经亲友调解，蒋女士坚持己见，破镜已难重圆。此后悲鸿一切与蒋女士毫不相涉，兹恐社会未尽深知，特此声明。

爱里的伤害，往往是最深的，似尖刀，似利剑，直戳人心。

"同居"二字，残忍地将所有甜蜜美好的过往抹杀了。她是坚决无法隐忍的。敢于私奔的女子，有几个不是性情刚烈的？

她是要跟他势不两立、恩断义绝了。

后来悲鸿在与孙多慈因为孙家阻力的缘故分手，又试图与她修好时，她冷冷地回绝了他。理由是，她不想自己成为别人"退而求其次"的女子。

感情上理智干脆的女子，才会有如此铮铮铁骨。

事实上，离婚时，她更冷静。她向他索要现金100万元，古画40幅，本人作品100幅，另外，还要他每月将一半的收入交出，作为子女的抚养费。

也许就如亦舒笔端的喜宝，若是没有那么多的爱，就要拥有很多很多钱吧！

或许是愧疚颇深，悲鸿对这近乎苛刻的要求，悉数接受。

面对爱的背叛，碧薇做得独立、彻底、决绝，一如她"高山巨瀑"般的性格做派。她认知清醒，不做怨妇；爱憎亦分明，不做妒妇。当爱失效、无望时，她将对悲鸿的视角，转换为俯视。

他，再不是自己的什么人。

离婚的当晚，她更是随性去打了一晚上的麻将。

是解脱，亦是释然。

她与张道藩

碧薇，在晚年回忆录的末尾写道：

"从此我以离婚时徐先生所给我的画换钱为生，一直到现在，我没有向任何人借过钱，也不曾用任何人一块钱。"

持钱，彰显着她的骄傲，她早已将心底的情之贪念撇开。也正因此，她做到了心如止水、情银两清地撇开悲鸿，再与一个叫张道藩的男子开启一段爱情之旅。

他们第一次相遇，应是在中国驻德使馆的酒会上。

据说，那一年张道藩才考进伦敦大学美术系不久。本是仰慕徐悲鸿才华的张道藩，未承想遇到一个让自己倾慕的东方美人。这身材纤细高挑、举止优雅大方的东方美人，就是徐悲鸿的妻子蒋碧薇。

一眼惊艳之下，蒋碧薇就入了他的心。

他听闻碧薇曾为爱情舍弃一切，就更为她着迷了。自此之后，于他，世间女子千千万，竟是任谁都无法与碧薇相比。于是，他想尽一切办法来接近她。他将碧薇暗恋到天昏地暗，终于在某天将一封滚烫的求爱信给了碧薇。

然而，那时碧薇眼里还只有徐悲鸿。

那时徐悲鸿还未成名，他们的日子过得清简，并且徐悲鸿一心扑在绘画上，常常几乎将她忘记。但是那又如何，她爱他，尽管爱得孤独和沮丧，她心底还是只有悲鸿一人。

所以，收到张道藩的那封求爱信时，她断然拒绝了他。

他悲痛不已，可又能如何？

失望至极之下，他选择迎娶法国女子苏珊，以此来忘记她。

可是，情缘难了。注定在爱里纠缠的两个人，即使离得再远，还是会有交集的时刻。

重逢时，张道藩已弃画从政，有权有势，而她却困在跟徐悲鸿的破碎婚姻之中。心如死灰之际，她选择和徐悲鸿分居。而张道藩虽风光无限，却依然没能忘记她。

于是，他以自己的温柔体贴、轻言细语，悄然走入了碧薇的生活。

孩子尚幼，战事不断，徐悲鸿却忙着追求他的爱情，她是太需要一个人来依靠了。渐渐地，她接受了他的情深意重。

1937年，在张道藩首次表白的11年后，他们终于有了第一次肌肤之亲。

此后的20年间，他们通信两千余封。无论在异地，还是同居一楼，唯笔墨才能倾诉衷肠。情意绵延，亦在笔墨之间。

只可惜，这缠绵爱意见不了光，他们做不了光明正大的恋人。

这是残缺和遗憾。

1945年，碧薇正式和悲鸿离婚。道藩的太太苏珊便要求张道藩与碧薇断绝关系，否则，就会以离婚相逼。张道藩一方面断绝不了与碧薇的关系，又因其身份而不敢离婚。

要一个迟暮的碧薇，还是要名利、地位，这个政客显然心如明镜。

碧薇，是有失落感的。妾身未明时，因他的温柔呵护，她可以原谅一切，可以和他缠绵、纠结不清。春梦乍醒，那句"等你六十岁，就和她离婚，来娶我罢"腻甜的情话，因为岁月的缘故已干巴得如同一束柳条枯枝，看不出、找不到任何盈盈绿意。

强硬若她，毫不嘴软地说道："基于种种的因素，我决计促成他的家庭团圆。"

晚年蒋碧薇与张道藩

晚年蒋碧薇

她给张道藩留下一封信，径自去了南洋。

她从南洋归来时，张道藩已搬出他们共同生活了十年的住所。

1959年，他们分了手。

此后，再也没有走到一起。

十年相依，一朝分袂。最令人佩服的还是碧薇，她深知迟暮光阴的大势已去，倒不如咬紧牙关，明智潇洒地退出来。这种决绝，是快刀斩乱麻式的干净利落，不是谁都能做到的。何况，此际她已60岁，子女也都和她断绝了关系，凄凉的晚景即在眼前。

她给张道藩写了一封情真意切的信，感谢他几十年对自己的一片深情。

掩卷感叹，唯碧薇可如此。

尾语

与张道藩分手六年后，她便将自己的一生，所爱、所为、所思，悉数写进回忆录里。

全文50余万字的回忆录，上篇取名为《我与悲鸿》，下篇取名为《我与道藩》。

1968年，张道藩于台北三军总医院病重。

她听闻后，去送了他。

之后，她的暮年生活趋于平静，再无波澜涟漪。

两岸隔绝，她再未与自己的亲人相见过。

1978年，她在台北孤独离世。

张幼仪

民国时代，气象万千，那些妖娆的人儿，或清雅，或魅惑，个个都端着禁得起起落浮沉的心劲儿，独自行走着。

世人知晓她，多因俗世红尘里那个多情人徐志摩。

虽然，于徐志摩，她始终算不得入眼入心的人。

她不似林徽因那般清风旖旎，

亦不似陆小曼那般水光潋滟。

她没有娇柔的容貌，亦没有诗意的情怀。

可是，她却是他众多红颜里最励志的女子。

她，就是张幼仪。

那一场不如意的婚姻

她和他的这场姻缘，缘于她的四哥张公权。

话说，那天张公权看了一篇模仿梁启超的文章，惊觉模仿者是个前途无量的青年。一番询问下，方知写文章的乃是硖石首富徐家的公子，名唤徐志摩。

多才、富足的公子，引起了四哥的兴致。

张公权，就此要为自己的妹妹结下这姻缘。

怀着对妹妹的爱，张公权便同二哥张君劢一起到徐家，将婚事定了下来。

也许一开始，结局就是注定的。

当时13岁的她，看到照片中有着浓浓书生气的徐志摩，便心似小鹿乱撞，暗生欢喜。翩翩君子，温润如玉，大概就似他这般吧！

可是，16岁的徐志摩，在看到张幼仪那张带着羞涩惶恐表情的照片时，却刻薄地说出："乡下土包子！"

其实，她哪像他认为的那么不堪！

年轻时的徐志摩和张幼仪

张幼仪出身名门望族，祖父乃清朝知县，父亲为当年江苏宝山县的巨富。在如此家世下成长的她也是那"线条甚美，雅爱淡妆，沉默寡言，举止端庄，秀外慧中"的人儿，于同代人的眼底亦是标准的大家闺秀。

可是，骨子里浪漫透顶的徐志摩，他想要的是风花雪月的情致、绰约妩媚的姿容。

张幼仪显然不符合他的喜好。

她的面容不是他喜的柔媚明艳，气质亦不是他爱的绰约妩媚，整个人都跟风花雪月、花前月下靠不得边儿。

因此，一开始他就厌烦了她。

然而，他们还是热热闹闹地举行了婚礼。

长于深闺，没经过任何挫折的她，还不知何为人心难测，更不知一个不爱她的男子能有多么冷酷、绝情。

就这样，她以一般喜嫁的女子之心到了他的身边。

岂料，洞房花烛夜，成了她最初的屈辱。

她满心欢喜地期待着他揭开自己的红盖头，结果等来的是一夜漫长的孤冷。西洋钟摆了一晚，她感受着时间一点一滴过去，恍如经历了一个世纪。

那一晚，徐志摩躲到母亲的屋里睡了一晚。他以这种行为来抗议，表达自己对这场婚姻的不满。

少年的爱情，张扬又浓烈；

同样，少年的厌恶，亦来势汹汹。

这样的志摩，无疑是冷酷的、暴戾的。

也许，不爱的婚姻里往往会掺杂不情愿的恨意吧。徐志摩只是将这种不甘的恨意全部转嫁给了她。

其实，她绝不是他眼里那种没见过世面的畏缩女子。她"性格刚强，严于管束，大时尤甚，富于手段；很有主见，也很有主张，且相当主动……"想当年，更有倜傥风流的罗隆基先生对她一见倾心。

婚后七年里，他始终对她施以冷暴力：新婚，却无燕尔；才刚圆了房，他就决绝地离了家；刚生下儿子，他就远渡重洋求学去了。

这样的冷酷，是哪个女子都难以忍受的。

她一个新妇，独自在暗影里生活。还好，公婆待她疼爱有加，徐家少奶奶的地位亦是尊贵的。只是，那时没了丈夫呵护撑腰的女子，从来都像纸糊的老虎，威风亦是虚薄的，本质是轻轻一捅就破的不堪。

在彼此屈指可数的相处的日子里，他的冷酷可以让她深刻地记上一辈子。

空旷的院子里，他闲散地坐在椅子上读书，她在他旁边默默地缝补衣衫，期待着他能跟自己说上一句话。可是，他始终未曾跟她说上只言片语。他宁愿自言自语，宁愿招呼仆人，都不愿跟她说一句话。

这深深创伤，要怎么平复才能够愈合？也许，用一辈子的时间都不够。

真不知道那时年纪轻轻的她，是怎样煎熬地度过这些日子的。

或许，在她心里一直都有一个信念，就如黄庭坚的那句"薄酒可与忘忧，丑妇可与白头"，抑或张潮的"妾美不如妻贤"，所以痴傻地想着用贤良淑德来打动他吧。

只可惜，她未能看清，他自始至终都没打算走近她。

她虽擅丹青，却不能投其所好；虽极贴心，却不能让他爱上自己。她的婉约娴静、沉默坚毅，在张扬特立、极度自我的他眼里，定是缺少见识、呆板乏味的。也是，都说"蝶为才子之化身，花乃美人之别号"，算不得美人的她是无法入他眼的。

所谓才子佳人的故事，在她这儿终究是戏文里的唱词，和她沾不了边儿。

无爱，注定成为她在这段婚姻里的宿命。

低到尘埃里的爱

光阴似水，寂寞成灰。

结婚第三年，18岁的张幼仪，生下了儿子徐积锴，小名阿欢。

正在北京的徐志摩，回来了。不过跟张幼仪无关，他只是为了如父母之愿来看儿子一眼，之后很快又找借口离家而去。这一次，他去了更远的美国。

生了儿子，于徐志摩而言，就是完成了传宗接代的任务。这以后的人生，便可都是自己的了。

徐家的院子里，就此有了槁木死灰似的枯萎腐朽味道，销蚀着张幼仪的青春。

儿子阿欢两岁的时候，身在异国他乡的徐志摩和林徽因传出了恋情。二哥张君劢听闻后，即刻跟志摩交涉，让他写信说动父母送妹妹张幼仪到法国去。

疼爱妹妹的二哥，以为志摩有婚外情是因为妹妹不在身边。

事实哪会是如此。

没有林徽因，不爱张幼仪的徐志摩也会转而迷恋其他女子的。

1920年冬，张幼仪得以远赴欧洲去和徐志摩团聚。

然而，当她坐着轮船在大海上漂泊了足足三个星期，终于抵达马赛港时，当她倚着船舷焦急地望向他时，一颗心便像被泼了冷水，整个人瞬间僵住。

后来的后来，她回忆说："我在甲板上探着身，不耐烦地等着上岸，然后，我看到徐志摩站在东张西望的人群里，同时心凉了一大截。他穿着一件瘦长的黑色毛大衣，脖子上围了条白丝质围巾。虽然我从没看过他穿西装的样子，可是我晓得那是他。他的态度我一眼就看得出来，不会搞错，因为他是那堆接船人当中唯一露出不想到那儿的表情的人。"

久别重逢，他们之间没有呢喃私语，更没有耳鬓厮磨可言。

他对她流露出的，依然是深深的厌烦。

他嫌弃她的土、俗，一下船就带着她去商店买衣服和皮鞋。她身上的穿戴，本是她为了来见他精挑细选花了大价钱的，可是，于他眼中却是土到家的，会让他失面子的行头。

在那一刻，她深知他对自己的鄙夷是根深蒂固的，这辈子都别想改变了。

更有甚者，在飞往伦敦的飞机上，她因为晕机而呕吐不止时，他不仅没安慰，还嫌弃地把头转过去，说："你真是个乡下土包子！"

不过，他终还是不能免俗的。

居住期间，尽管他不爱她，且他的女神林徽因还整日占据他心海，他却还是和她行了云雨之事，让她怀了孕。

徽因伶俐洞明，张幼仪的怀孕对她而言是致命的伤，于是，她选择放手这份爱。

徽因的断然拒绝，却让他迁怒于张幼仪。

他逼幼仪"把孩子打掉"，当她不无伤心地说："我听说有人因为打胎死掉了。"他却诡辩且冷漠地说："还有人因为坐火车死掉呢，难道你看到人家不坐火车了吗？"他更是绝情地跟身怀六甲的她提出离婚。

他，不顾家人的相劝，亦不理社会的舆论，执意要和她离婚。

他只是想以此证明给林徽因看。

好想跟幼仪说，断了任何与他的牵系吧，他不值得你留恋。

可为着阿欢和肚子里的孩子，张幼仪铁了心就是不答应。

无情的徐志摩，竟冷酷地抛弃了她，一走了之。

那时的她，身怀六甲，人生地不熟，语言不通，身无分文。

作为丈夫的志摩，如此不负责任之行径，即便放到现今来看，亦是令人齿冷心寒的。

世间有太多的红颜，终究逃不过这样的人生厄运。

跌入谷底，一个人的城

她的世界，从此成为一个人的城池。

她，也曾萌生过轻生的念头。终究因为对腹中骨肉的牵念，以及自小熟稔的"身体发肤，受之父母，不敢毁伤，孝之始也"的千古礼训，她抛却了这个念头。

女子若觉得自己像那秋天的扇子，扇出的亦是凉风，倒不如索性收了起来。

如是，她收起悲伤，坚忍地承担起一切。

对于肚子里孩子的去留，她曾写信询问过二哥。二哥回信，让她千万不要打胎，可前去巴黎投奔他。于是她拖着行动不便的孕身，到了巴黎。临盆之际，她又辗转到了柏林。

1922年2月，在德国医院她为徐家再诞下一子，取名彼得。

不久，还在医院的她接到了徐志摩寄来的一封离婚信。

他的残忍，斩断了她最后一丝期盼。她不再笃信母亲的教诲，诸如"女子依靠男子才能活着"之类。

对她来说，那才是绝路！

离婚，或许是最好的出路。既然躲不开，就迎面而上吧。

如此，她在离婚协议书上签了字。没有吵闹，亦没有纠缠。

她清楚地知道，若一个人不爱了，哭闹都是错。更何况，他从来都没爱过她。所以，她不哭亦不闹，平静地接受这结局。

他之冷漠，终让她认清了一件事，那就是爱谁都不重要，重要的是爱自己。她亦深知，长久以来，她和他不过是"如天外杨花，一番风过便清清洁洁，化作浮萍，无根无蒂"。

如是，她开始自强起来，倾其所有地去生活了。

她雇了保姆，学习德文，攻读幼儿教育学位。

只是，她命运不济，还是有不幸的事情发生了。

1925年，幼子彼得3岁，死于腹膜炎。一周后，徐志摩才出现，抱着彼得的骨灰坛子掉眼泪。对她，依旧是视若无睹，只言片语全无。

若能看穿色相，爱与恨便是相同的。

还是李碧华说得好："不要紧，薄情最好，互不牵连又一生。"

她，跟他再无任何牵连。

"凉风吹过，你醒了。真正的'聪明'是在适当的时间离场。"

是蛾，是蚊蚋，也能涅槃成蝶

也许，人越是没有什么可失去的时候，就越有勇气。

就如那时的张幼仪。

面对不幸，她不再懦弱哀求，而是强忍悲痛料理孩子的后事，然后化悲痛为力量坚强地继续生活。除了学习德语，她还开始学习经营管理，将所有精力都付诸自身的成长。

离婚于她，可以说是一次涅槃重生。

身处异国她学会了独立，学会了坚忍，再没有什么坎儿能让她望而却步。

她自己曾说过："去德国以前，我凡事都怕；去德国之后，我一无所惧。"

诚如莫泊桑说的："生活不可能像你想象的那么好，但也不会像你想象的那么糟。"

最重要的是，我们能咬牙坚持，爬过荆棘，蹚过洪流。

她，就做了那个跌倒又爬起，咬牙坚持的人。

1926年，她学成归国。

徐家始终待她甚好，离婚后为让她不为生计受苦，每月都给她寄生活费，并收她为义女。这次她归来，徐申如（志摩父亲）更把海格路125号（华山路范园）送给她，使她在上海衣食无忧。

她先是在东吴大学教德语。不久，八弟张禹九和朋友合伙在上海静安寺路开了一家叫"云裳"的服装公司，她受邀出任总经理。

紧跟着，她接管了女子商业储蓄银行，成为副总裁。

这样的她，自是引来不少人的爱慕，更有男子热烈地追求她。不过，都被她拒绝了，她说："不，我没这个打算。"她是有顾虑的，在给四哥的信中她写道："为了留住张家的颜面，我在未来五年里，都不能教别人看到我和某一个男人同进同出，要不然别人会以为徐志摩和我离婚是因为我不守妇道。"

可是，于我看来，这只是面上的推辞。真正的伤疤，源自那段无爱婚姻造成的可怕伤害。

撇了姻缘不顾，她全身心投入事业中。

她开启私人定制，革新服装面料，开创中西结合的服装款式，很快就使"云裳"成为上海滩的时尚标杆。当年，云裳时装公司的顾客多为名媛、明星，在社交场中，她们无不以穿着"云裳"所制服装为荣，"云裳"因而生意兴隆。

面对因经营不善而濒临倒闭的女子银行，她低调上任，从零做起，勤力奋勉，准时上下班。在她的努力下，女子银行很快就扭亏为盈，还创下了金融界的奇迹——储蓄资本超过两千万。

她因此名噪一时，成了上海滩赫赫有名的女银行家。

徐志摩再见她时，她早已蜕变成一个华丽的女子，再不是那个连英文单词"hello（你好）"都说不全的"乡下土包子"了。

徐志摩曾给陆小曼写信说："C（张幼仪）是个有志气有胆量的女子……她现在真是'什么都不怕'。"

在做回了自己之后，她终是赢得了徐志摩的尊重。

尾语

1931年11月19日，在返回北平途中，飞机因大雾失事，志摩不幸罹难。

陆小曼因伤心过度拒绝承认事实，把报噩讯的人挡在了门外。无奈，人家只好找到她这个前妻。

志摩是她儿子的父亲，她果敢地担起了这个责任。于是，她安排八弟陪着13岁的阿欢去济南认领了遗体。

过往成烟，所有的爱恨情仇也随风而散。

对于志摩，她一生都未曾表露过任何不满。

在志摩去世后的50多年里，面对外界的纷纷揣度，她始终闭口不谈志摩，亦不诉说自己的悲苦逆境，更不曾追究志摩的薄幸寡情。

相反，她始终帮着徐父料理徐家产业，为徐家二老养老送终，亦抚育徐积锴成人。

她，就是这样一个笃信着江山有义，良人有靠，不求春花秋月的浪漫，不求眼花缭乱的生活，不求你侬我侬的爱情的务实大气女子。

后来的岁月里，命运待她亦好。

在徐志摩离开20多年后，她收获了自己的爱情。

她的恋人，是楼下的邻居苏医生。

苏医生，温和文雅，谈吐不俗，对她珍爱有加，懂她也体贴

活出自信的中年张幼仪

张幼仪和儿子徐积锴

她。于是，她写信给儿子徐积锴："母拟出嫁，儿意云何？"儿子的回复则是文情并茂："母孀居守节，逾三十年，生我抚我，鞠我育我，劬劳之恩，昊天罔极。今幸粗有树立，且能自赡。诸孙长成，全出母训……母职已尽，母心宜慰，谁慰母氏？谁伴母氏？母如得人，儿请父事。"

于是，她与苏医生在香港举行了婚礼。

那一年，她53岁，距与志摩离婚有31年之久。

这样的婚姻，应是她想要的。

她和苏医生，于一朝一夕的柴米油盐中，过着寻常人家的日子，恰若蚌和珍珠的结合。

只是难抵岁月长，他们相伴21年后，苏先生不幸离世。

哀伤不已的她，料理好一切，去美国和儿子团聚。往后余生，她拥有与苏先生的美好回忆，足矣。

1988年，88岁的她逝世于纽约。

至此，她传奇的一生画上了句号。

如果说，曾经的她在婚姻中经历遗憾和失败，那么中年以后她的人生，却可以用完美来概括。一如她曾说过的："我要为离婚感谢徐志摩。若不是离婚，我可能永远都没办法找到我自己，也没办法成长。他使我得到解脱，变成另外一个人。"

真好。

到最后，她终成了她自己！

董竹君

可以生如蚁，而美如神

1900 年 — 1997 年

她的一生，可谓坎坷，亦可谓荣耀。

她历经一个世纪的风雨坎坷，编织了一个实业家的蜕变传奇，

为那时的上海滩增添了一抹绚丽的色彩。

从青楼女子到商界大亨，她柔如水，韧如竹。

她逆袭的一生，于世人更似春色，温暖而有力量。

她，就是传奇女子董竹君。

不幸沦落风尘

1900年，董竹君出生于上海的一个贫民家庭。

父亲是拉黄包车的苦力，母亲是给人家做用人的。不过，这不妨碍她成为父母的掌上明珠。

只是，因为家庭太过贫穷，弟弟妹妹都不幸夭折，最后只剩她一个。于是，父母将所有的疼爱加诸她的身上。

他们深知读书可以改变命运，于是决定，再苦也要供董竹君上学。

他们想尽办法筹钱让她上私塾，期望让她多学些知识。

只是，天有不测风云。

父亲，突然重病，母亲，也丢了工作。一下子，本就贫穷的家庭陷入绝境，没有分文收入不说，还因为给父亲看病借了一笔不菲的高利贷。

生活就此如同泥潭，让人淹没其中无法呼吸。

不得已，父母决定让她退学，将她抵押到高级妓院。

300元钱，期限三年，只卖唱不卖身。这是当时父母跟妓院谈的条件。

那一年，她才13岁，顶着"杨兰春"的艺名走进了装饰豪华的"长三堂子"。

她去做的虽是只卖唱不卖身的"清倌人"，但就此风尘里沦落，这成了她人生中最悲凉的一笔。

从小就出落得清丽出尘的她，还有一副好嗓子，很快就成了堂子里的头牌。每日里有数不清的客人来捧场，她见之不喜亦不悲，只冷着一张脸，在那一隅或唱或谈。

世间悲喜，都与她无关。

年轻时的董竹君

因此，她有了个"不笑的姑娘"的别号。

彼时，因为她红，老鸨便专门给她配了一个伺候的用人。许是天意眷顾，正因为这个孟姓的用人，她的人生才有了别样的选择。

她称孟姓用人为"孟阿姨"。

孟阿姨细心地打理着她的起居，亦婉转地将自己多年所见所闻说与她听。烟花风尘里浮沉几十年，孟阿姨深知妓院里的万般"恶"。她待孟阿姨如父如母，渐渐地，她明白了，要彻底脱离苦海，只有逃离。

孟阿姨常对她说，做了大人，你就是这堂子里的一棵摇钱树了，怎么也不会放你走的。你的约定到期后，他们再拿几个钱给你爹娘了事。他们有钱有势的。

孟阿姨亦常叮嘱她："我看你还是选中一个人，趁早出嫁吧。"

彼时，确实如此。

女子若沦落风尘，这一生便陷入其中，无力自拔，除非有外力介入。

抵押文书之类的算什么？一张纸罢了。

不认账、栽赃嫁祸，是妓院最擅长的手段了。何况，她还是如此红的头牌。

正是在孟阿姨的点拨下，她开始萌生逃走的念头，也开始在客人里寻找能让自己托付终身的人儿。

本来，她还期待三年后父母接她回家呢。

可是，那个万恶的社会，那个万恶的地方，怎会那般轻易放过她呢。所幸，行路之中有孟阿姨的指引，她终于明白，过去的已过去，那个曾经温馨有爱的家，早已在黑暗之中被撕碎，而她在命运之舟里，只能飘荡向前。

一切，得自己来掌舵了。

再没办法依赖任何人。谁都无法将她救赎，真正能救赎她的，只有她自己。由此，我们拨开历史的尘烟迷雾，依稀看到她着一袭旗袍，在人生的舞台上华丽转身。

逆袭，从青楼艺伎到督军夫人

秋月春风过，一转眼，她在堂里已两年之久。

一日，堂里来了一个官人。

他高大挺拔，俊朗非凡，谈吐优雅，脱尘不俗。

他只静静地一个人在那处喝茶。满堂子里的男人，不是左拥右抱就是打情骂俏，唯他一人是另类。

初见，她即知晓他是自己苦苦寻觅的那个人。

这位喝茶人即夏之时，彼时是一方督军，名扬天下。

他曾留学日本，辛亥革命时期更是立下赫赫战功。在袁世凯窃取政权，大肆残害革命党人之时，为了与其他革命党人秘密会面，继续筹划讨伐袁世凯的"二次革命"，他便经常在上海红灯区四马路出没。

上海红灯区四马路，是当时革命党人秘密会面的场所之一，他们经常在那里碰头，举行秘密活动。

基于此，他们才有了遇见的可能。

那日，他亦为避人耳目，故意躲到她在的堂子里。

作为头牌艺伎，她自是少不了抛头露面的。一脸冷傲、俏丽动人的她，技艺了得，样样出众。

她轻启朱唇，一缕歌声飘过，着实惊艳了独自喝茶的他。

他循声望去，入眼的是清丽绝伦的倩影。恰，一双清丽的眸子亦深情地望着他。

于是，怦然心动。

情愫，犹如盛开的荷。

剪水双眸，深情脉脉，爱意在他们之间缠绕。

爱到情浓之际，夏之时要将她赎出。

她却断然拒绝。

她是无法接受自己如商品一般依附于任何人的，诚如她说的："以后我和你做了夫妻，你一旦不高兴的时候，也许会说：'你有什么稀奇呀！你是我拿钱买来的！'那我是受不了的。"

于她，即使拥有真爱，学识和尊严亦是不可缺少的。她绝不会让他用钱来赎自己，在爱情里，她会用情至深，但却绝不盲目。

她一直明白，自己所要的婚姻，是平等的，相互尊重的。

而彼时的夏之时，是深懂她的，亦尊重她的选择。于是，他决定等待。

不久，就发生了袁世凯悬赏要他人头的事情。他不得不藏身于日本租界的旅馆内。为了爱情，她不顾一切了。于一个深夜，她丢弃所有细软，设计从妓院逃了出来，直奔夏之时所在的住处。

夏之时感念她一个小女子竟用情如此，于是向她求婚。

不过，她并不盲目，也不为爱盲从。她向夏之时提出三个条件：

一、我不做小老婆。

二、你要送我到日本求学。

三、将来从日本读书回来，我们要组织一个好好的家庭。你嘛，管国家大事，我可以从旁帮助你。一方面管理家务，愿意做你常提到的好内助。

于她，夫妻关系要建立在相互尊重、平等相处的基础上才行。一生一世一双人，是她毕生坚持的原则。

两周后，他们在松田洋行举行了婚礼。

她身穿白纱裙，美艳不可方物。

彼时，她15岁，他27岁。

几天后，他们一起去了日本。

就此，她逃出火坑，涅槃重生！

缘分浅时，学会果敢

日本，氤氲着樱花香气的国度，给了她知识，也给了她见识及审美。

在多年以后，她以此为养分，自强自立，渡过事业上的诸多坎坷难关。

初到日本，他们于朝朝暮暮里尽是浓情蜜意。

夏之时专门为她请来家教，教她东京女子高等师范学校理科的课程。不久，他们还收获了一个爱情的结晶，即大女儿夏国琼。她聪慧、勤奋、好学，不到四年就修完了所有课程。

生活里满是肉眼可见的安稳静好。

只是，暮色四合中，黑暗终会来临，再美好的生活也会有无数暗礁。

像所有的寻常夫妻，他们在日日相处中，逐渐起了摩擦。

原来，他爱她，却并非表面那般，他始终介怀她青楼女子的身份。烟花柳巷里的女子，于他而言始终忘不了"露水"二字。所以，好些时候他会处处留心，暗暗对她起各种疑心。尤其在袁世凯去世后，他由日本返川时，留给她的是一把枪，说除了防身之外，如果做了对不起他的事，就用这把枪自尽。

一语之下，她的心便凉了。

原来，他和世间凡俗男子并无二致。一直，是她将他看高；而他，一直在看轻她。

风尘中摸爬滚打的几年里，她早已看清世相，知晓男子的真心如同柳絮飞花，稀缺而不可握在手心。只是未曾想到，这么快自己就看到他全无真心的模样。

于是，他们的婚姻有了第一道深深的裂隙。

接下来，日子也没有变得更好。

1917年，夏之时父亲病危，她应他的要求，放弃去法国深造的机会，带着孩子回到了夏之时的老家四川合江。

归来后，她更见识到生活中的诸多丑陋。

　　夏家是大户人家，根本没把她视为明媒正娶的夫人，她青楼女子的身份更招致所有人诟病。被排挤、被咒骂、被指桑骂槐，是常有的事，更有甚者，家里长辈们开始商量给夏之时再娶一个门当户对的大家闺秀为妻，言说青楼女子有伤门风，断不能做正房。

　　彼时，她以为可以看到丈夫的担当，然而，她见到的却是夏之时的冷酷。

　　面对这一切，他竟然让她忍，让她不要在意。

　　秋风起，岁月凉。她知道，这世间谁都无以依赖，唯有让自己强大。

　　于是，她开始学习技能，一切可以用到生活中的技能，比如，缝纫、绣花、烧饭、洗衣；比如，帮着招待亲朋好友，教子女、侄子们读书学习；再比如，帮总管记账……每天都起早贪黑。

　　夏家很大，诸事繁多，但上上下下都被她打理得井井有序。

　　她终于赢得公婆一家人的欢心、认可。

　　一场隆重的婚礼，在公婆的亲自主持下，热闹地举行了。她终于成了真正意义上的正房。

　　可是，生活却不放过她。

　　夏之时，突然被革职了。原本意气风发之人，遭遇变故后竟然自暴自弃起来，每天不是借酒浇愁，就是吸食鸦片、赌博。

　　他成了一个彻底的守旧的、暴躁的、消极的人，喝醉了，会对她拳脚相加；赌输了，会嫌弃她只会生女儿。重男轻女的他，不仅对女儿们不管不问，还极其厌烦她们，动不动就对她们打骂。

　　她曾以为他是个新式的人，哪知他骨子里如此陈腐。

　　她的生活就此落进冰窖。

　　然而，她是懂得感恩的人，念他曾救自己于苦海，所以一忍再忍。

董竹君和她的孩子

可是，世间万事万物，最难揣测的，是人心。

她的隐忍却助长了他的戾气。

一次，为了一件小事，他竟然掏出枪威胁她，让她伤心绝望至极。最令人唏嘘的就是这样的感情，落进生活里，她眼睁睁地看着爱的余温一点点散去，只剩面目狰狞。

但是，为了曾经的恩情，她还是决定忍。

她曾以为，这一切的症结都在于自己没有为他生下儿子。

可是，生活的狰狞一点点扩大，当她终于为夏家生下儿子时，一切却并没有改观。

他还是那个暴戾的人，并且愈演愈烈，他竟然不让女儿们继续读书了。

他加诸竹君身上再多苦痛，她都不会抗争，但是，于子女成长尤其是读书方面，她做不到任何让步。

知识能改变命运，她始终这般笃定地认为。

于是，她据理力争，与他激烈地争吵起来。

谁能想到，那个曾经意气风发，全身洋溢着朝气的革命青年，竟迂腐至极，恼羞成怒地拿起菜刀说要砍死她。

那一刻，她幡然醒悟，自己牺牲再多，都拯救不了这破碎不堪的婚姻了。

细细思量之后，她决然带着四个女儿离开夏家，到了上海。

这一举动，瞬间震惊了成都城，成为当时各家报纸纷纷炒作的热门新闻。

不久，她和追到上海的夏之时签订了一份分居五年的协议。谁知，签订之后夏之时来了一句："你要跟我夏之时离婚，将来如果在上海滩站得住，能把这几个女儿养活养大的话——不要说受教育了——我在手板里煎鱼给你吃。"这话顿时让她心如死灰，对他残存的一点爱意和敬意全都化为烟尘。

五年后，他们正式离婚。

那一年，她34岁。

夏之时这个人，从此于她的生命里，她四个女儿的生命里自动消失了。

也罢，生活是自己的，荣光都是靠自己努力争取的。

她从不纠结这些，她想的是如何养活一大家子人。

父母年迈，孩子们年幼，她要扛起所有的生计。她，才是拯救自己人生的掌舵人。

从此，她独自带着四个女儿从零开始。

纵有疾风起，轻易不言弃

离婚后，她如鲸向海，如鸟归巢，在自己的一方世界里，独立坚忍。

不是没有艰辛困苦，起初也是历尽磨难。

那时，为了生计，她是整天出入当铺的，什么衣服、首饰之类的都一一典当，来应付生活的开支。但这不是长久之计，只会坐吃山空。她想起自己略擅长经商，于是，多方筹集资金后，她大胆地创办了群益纱管厂。

彼时，她可是上海女子创办工厂的第一人。

只是，那是个乱世，眼看着生意兴隆红火起来，一场战争爆发，厂房就毁于炮火之中。

一切都化为灰烬。

这时，夏之时还落井下石地写信来羞辱她。

他原意是想尽办法让她回到自己身边，却不知，迂腐的他早已没办法赶上开明独立的她了。他们早已不是同一类人，诚如她所说的："你认为的'爱'，我再也接受不了。情意不投，对事物的见解不同，没有共同语言，大家再生活在一起又有什么意思？徒增痛苦罢了。"

"不成功便成仁"，为了给孩子最好的教育，为了给双亲筹钱治病，为了生活，她并没有气馁，而是再次勇猛上路。

她把孩子们送去寄宿学校，自己没日没夜地苦干，产品销量虽不好，却还能勉强维持生计。恰这时，房东带着一批准备投资入股的华侨来参观，其间有个叫陈清泉的菲律宾华侨，见了她之后对她至为钦佩。

他感念她的勇敢，亦钦佩她的坚韧，决定帮助她，并欲带她回自己的厦门老家筹款。

事情貌似有了转机。接下来，却发生了一系列更不幸的事情：先是她因发表过抗日言论，被租界探子陷害入狱，四个月后才被营救出来；接着，母亲去世，父亲病重。

这一年，真是多事之秋啊！

这世间应有否极泰来吧！

四川人李嵩高，听闻她的事迹，钦佩她是女中豪杰，于是，非要送来2000块钱，让她东山再起。

起初，她是拒绝的。

不过，在李嵩高的诚恳说服下，她终于接受了这笔义助，并且排除众议再次创业。

这一次，她开的是一家川菜馆。此菜馆，即后来名震江湖的锦江饭店的前身。

那是1935年3月，位于华格臬路的"锦江小餐"正式开张。

一开业，生意就红火起来，每日里顾客络绎不绝。

她特别注重菜馆的视觉呈现，最初创办之时，从店名到店徽，从选址到店面装修，都倾注了她的无限心思。另外，她还请来四川地道的掌勺师傅，又将考究的东西方美学运用其中……

菜馆，就此靠美味、靠颜值惊艳于当时的上海滩。

彼时，杜月笙、黄金荣等皆成了锦江的常客，南京政要和上海军政界人物也纷纷成为其座上客。

有些人的脊梁是不会被压垮的，总能于坚忍中，让希望从一寸冰封的土地里生根发芽。

一如董竹君。

想象一下当年世情，怎一个"乱"字可形容。

黑帮、军阀、战事，无论哪一样落到一个女人头上都是灭顶之灾。

不过，她始终谨记以德服人这理，并且也这么做了。

故而，黑白两道都钦佩她一介女流的果敢、坚强。

所谓，巾帼不让须眉，正是她这般。

不忘初心，随遇而安

"八一三"事变爆发，日本空袭了上海，炮火中锦江饭店差点被炸毁。

恐怖、血腥、死亡笼罩了整座城。即便是这样，竹君仍坚持掩护革命党人秘密工作，以菜馆为掩护，救助了大批爱国义士。

"家国兴亡，匹夫有责。"她说过的，也是这么做的。

自然，她很快成了敌人的眼中钉肉中刺。

收到过恐吓信，也被日本军方派的人暗杀过，仔细考虑后，她决定暂时离开。正好两个女儿在菲律宾，于是她决定前往。

没想到，她这一走即是颠沛流离的四年。

在这四年里，她还巧遇陈清泉。他们是在竹君女儿国琼、国琇进行音乐演出时相遇的。当时，她陪着女儿们，陈清泉则是专门来看望她的两个孩子的。

异国相逢，本就惺惺相惜的两人，彼此心生爱慕。

陈清泉更是陷入其间不能自拔，他向妻子提出离婚要求，却被身为天主教徒的妻子断然拒绝。陈清泉的妻子为守护自己的婚姻，还曾专门来跟竹君谈判。

如此一来，她深觉有罪。

将自己的恋情建立在别人的痛苦上，是她坚决不能做的事。

于是，她决绝退出。

此时，陈清泉因不愿与日本人合作，被抓入了监牢。因着道义，她前往监狱去看望他。

监狱里，陈清泉觉得自己时日无多，又向她表白了。

于他，若"情缘不到头"，总觉"寸心灰未休"。

面对此深情，她却只能泪如雨下。

不对的时间，遇见对的人，总是人生一大憾事。可是，又能如何？人生不都是这样吗？不如意事十有八九。

至此，他们之间的情缘无以为继。

但，生活还要继续。

在菲律宾的日子很不好过，为了生计她做起了小生意。不久，这平静被日军再次扰乱，她和两个女儿成了名副其实的难民。不过，果敢、机智、聪慧的她，带着女儿们死里逃生。

终于，在日军的狂轰滥炸之下，她再次回到上海。

此时，上海早就是一片狼藉，她的锦江饭店也已面目全非，所

中年时期的董竹君

托之人原是小人，锦江就此一败涂地。

不过，她的字典里从没有"认输"二字。

她力挽狂澜，终于重振锦江饭店。

创业，终有所成。

她除了专心经营餐馆外，还专心培养几个孩子。"读了书，才不会被人欺负。"这是父亲说过的话，她始终牢记于心。所以，无论在何种境遇下，她都要给女儿们最好的教育。

她给她们讲人生和爱国的道理，亦培养她们坚强和果敢的性格。锦江饭店的客人，三教九流皆有，她从不让女儿们随便踏进店里，因为，她深知十里洋场的恶习，绝不能让她们沾染分毫。

后来，她把女儿们一一送到了国外深造。

女儿们亦不负她的言传身教，均成为行业翘楚，实现了她当初带她们出来时的理想，都成了双脚独立之新女性。

大女儿夏国琼，成了中央音乐学院一级教授；二女儿夏国琇，侨居美国从事电影事业；三女儿夏国瑛，从上海复旦大学毕业后留美进修；小女儿夏国璋，成了北大教授。

而"锦江"，更成了老上海们最爱的"十八层楼"，接待过134个国家500多位首脑人物，上演过无数传奇。

再后来，她将"锦江"归公，奉献给国家。

她不求功名利禄，始终活得自信而独立。

她，亦始终重情重义。

当知晓夏之时被枪决时，虽未置一词，但多年里她一直珍藏着他们的结婚照，亦从未在孩子们面前说过他任何不是。

岁月不居，时节如流。

十年动荡，她亦置身旋涡之中。然，她依然乐观而坚强地面对，虽年近古稀，经受折磨，依然坚持看书写字，七十岁生日之际，还写诗一首祝自己生日快乐。

一切皆有福报。1979年以后，她得以在北京安度晚年。

后来，她说过："我对人生坎坷没有怨言，只是对爱有点遗憾。"

是的，她的气度，她的坚忍，永远藏于她的骨血之中。

不动声色，不卑不亢。

尾语

晚年，90多岁高龄的她，完成了自传——《我的一个世纪》。

在40多万字的长篇中，她平和从容地讲述了自己一个世纪的沉浮。往昔在目，不见戾气与哀怨，不见炫耀及恨意，满篇皆是温和、感恩及自强。

诚如她在自序中写的：

"我从不因被曲解而改变初衷，不因冷落而怀疑信念，亦不因年迈而放慢步伐。"

1997年12月，她病逝于北京，享年97岁。

记起顾城说过："人可生如蚁而美如神。"如此诗句，最能形容她这饱经风雨的一生。

她这一生，不可谓不精彩，历经诸多曲折，却博取了一片艳阳天。

这样的女子，放在当下，亦是万千人所钦佩的！

陆小曼

若一汪碧海，
她透明澄净又深广难测，
闪耀在 20 世纪的歌舞升平里。
氤氲着旧时光，
她烟视媚行，自成一页瑰丽诗篇！

时有女子，叫小曼

小曼名眉，别名小眉、小龙，笔名冷香人、蛮姑。

1903年11月，她生于大上海。据说，这天恰巧是传说中观音的生日。

小曼的家，是个官宦世家。

祖父陆荣昌，是常州樟村陆氏北园村派第七十八世孙，有史料记载："荣昌，行二，字致和，朝议大夫，钦加运同衔赏戴花翎，候选同知，国学生"。为避"太平天国"之战乱，举家迁居上海。

父亲陆定，晚清举人，日本早稻田大学毕业，是日本首相伊藤博文的得意弟子。国民党南京政府成立后，他入度支部（后为财政部）供职，历任司长、参事、赋税司长等，亦是中华储蓄银行的主要创办人。因此，当年的陆家家财颇丰，绝对是显赫一时的名门望族。

母亲吴曼华，乃大家闺秀，是常州著名的白马三司徒中丞第吴籽禾先生的长女，她不仅文学功底深厚，还擅水墨丹青。

有如此了得的父母，小曼的过人才情自不在话下。

她是陆氏家族的第五个孩子，亦是父亲陆定唯一的孩子。她的父母亲有九个孩子，唯她幸存了下来。

故而，她得到父母全部的宠爱，是被父母捧在手心里富养的孩子。

自小，她被父母送到幼儿园，彼时，孩子能上幼儿园的家庭不多，除了有钱之外，还需要父母的思想足够开放。

小曼的父母是开通的，对她的教育亦是十分重视。

在她7岁时，母亲就带着她到了北京，一年后将她送入北京女

少女时期的陆小曼

子师范大学女子附属小学读书。另外，父亲还专门聘请了英籍女老师在家为她补习英文。在她13岁时，又专门将她转入法国人办的贵族学校北京圣心学堂，在那里她系统地学习法文、舞蹈、绘画、钢琴、礼仪等。

在父母的栽培下，生于上海、长于北京，集江南之灵秀莹润与北方之大气端庄于一身的小曼，出落得亭亭玉立、气度不凡，才情洋溢，无人能比。

18岁时，她被聘为外交部翻译。

她甫一进入北京社交圈，即名动京城名媛圈。

时年，第一外交官顾维钧曾当着她父亲的面说："陆建三（陆定）的面孔一点也不聪明，可是他女儿陆小曼小姐却那样漂亮、聪明。"

名流刘海粟则对其赞誉有加："她的古文基础很好，写旧诗的绝句，清新俏丽，颇有明清诗的特色；写文章，蕴藉婉约，很美，又无雕凿之气；她的工笔花卉和淡墨山水，颇见宋人院本的传统；而她写的新体小说，则诙谐直率……"

这样的小曼，怎是一句"一代才女，旷世佳人"可诠释得了的。

她是绝世倾城，少有人可以比肩的。

无处安放的，是不爱

不过，随着长大，小曼有了烦恼和挫折。

1922年，小曼由父母做主，与王赓结婚。彼时，她还不知爱为何物，就步入了婚姻的殿堂。所以，她对爱、对婚姻都有着无限美好的想象。

然而，事与愿违。

王赓这个比她大8岁的男子，毕业于清华大学，供职于陆军部，又任巴黎和会中国代表团上校武官，兼外交部外文翻译，固然学识出众，却甚是不解风情。

他和小曼的这场婚姻，完全是遵从父母之命、媒妁之言。

对于宝贝女儿的婚事，陆定夫妇真是操碎了心。小曼名动京城，自然提亲的多到踏破门槛，却没有谁可以入他们的眼。直到他们看到年少英俊又学有所成的王赓，才真正眼前一亮。

在他们的操持下，不到一个月，这桩婚事就办完了。

婚礼隆重，婚筵盛丽，惊动全京城！

最初，俊朗的王赓是入了小曼的眼的，她虽没有心动不已，却也未曾觉得有什么不好。况且，王赓虽公务繁忙，对她却是极其宠溺的。

只是时日久长，情不投、意不合的问题便显露出来。

的确，在风华绝代的陆小曼身边，王赓的不俗和成就亦显得过于平庸了。那是一种务实的风格，跟小曼浪漫至极的风华无法匹敌，至少在小曼看来是这样。

所以，在蜜月的甜蜜和新奇之后，小曼渐渐觉出王赓无趣了。

曾经，磊庵在《徐志摩与陆小曼艳史》中这样写道："谁知这位多才多艺的新郎，虽然学贯中西，却于女人的应付，却完全是一个门外汉，他自娶到了这一如花似玉的漂亮太太，还是一天到晚手不释卷，并不分些工夫去温存温存，使她感到满足。"可谓一语中的，他们之间确实有了隔膜。

每天面对无趣的王赓，小曼的心中再难溅起爱的浪花。时日渐长，这对小曼而言成了一种折磨。

最致命的是，他们分居两地。

那时，王赓被任命为哈尔滨警察局局长。那个寒冷的冰城对小曼是没有吸引力也没有温度的，所以她选择留在北平。

他们本就没有多少感情，加之两地分居，婚后生活几近一潭死水，没有任何暖心的涟漪泛起。

小曼的寂寞深了起来。

每天，她都觉得自己无处安放，如同一个摆设，不被关爱，亦不被重视。她一个人犹若困兽，在这无爱的围城内不知所措，无以逃脱。

有那么一阵子，她回到了社交圈。

虽已结了婚，但才貌双全的她，依然是交际圈最耀眼的名媛。每天，歌舞升平，好生热闹！

这让深爱她的王赓懊恼不已。

他虽留过洋，读洋文、受洋教育，但骨子里仍留有很深的传统思想。于是，他对她的交际进行干扰。在他的干扰下，二人的婚姻出现了深深的裂隙。

　　之后，他们的生活陷入烦恼愁城，时常会争吵，时常会冷淡相对。

　　他们的婚姻，终于走向了幻灭。

最是，那一眼初相见

　　仿似天意，在一场机缘巧合的舞会中，他们相遇了。如同凌霄花逢了雨露，小曼变得生动娇美起来。

　　一眼万年，说的就是他们这般的相遇。

　　初见，他们彼此心动，他的眼底有了风，她的眼底则有了雪，风雪交融，爱意蔓延。就这样，他们在那一刻怦然心动爱上彼此。

　　爱上一个人，可以是一瞬间，无须言说，亦无道理可言。

　　爱或不爱，本就没有道理可言，爱上就是爱上了，没有理由。

　　那时，她正陷入无爱的落寞之中。

　　那时，他亦处在爱情的失意之中。

　　两个缺爱的人，在恰好的时间，遇到恰好的彼此。

　　所以，当志摩饱含深情望着小曼时，她知晓了什么叫爱的悸动。原来日色薄暮里，一个人可以这样轻柔地将自己的心弦拨动。

　　他们共舞一曲，缠绵亲密还不够，罢了又秉烛夜谈，似老友若知己，他们是如此情投意合。

　　这就是爱情吧。

　　后来，她曾写过这样的话："叫他那双放射神辉的眼睛照彻了我内心的肺腑，认明了我的隐痛，更用真挚的感情劝我不要再在骗人欺己中偷活，不要自己毁灭前程，他那种倾心相向的真情，才使我的生活转换了方向，而同时也就跌入了恋爱了。"

这是她在之前人生里未曾经历过的，他如回甘无限的食物，在她的味蕾上回旋，时时刻刻如影而随。

她如是，而他亦如是。

诚如郁达夫所写的："忠厚柔艳的小曼，热情诚挚的徐志摩，遇合在一道，自然要藉放火花，烧成一片。"

志摩亦有诗句描述自己对小曼的动情：

> ……
> 桃花早已开上你的脸，
> 我在更敏锐的消受
> 你的媚，吞咽
> 你的连珠的笑；
> 你不觉得我的手臂
> 更迫切的要求你的腰身，
> 我的呼吸投射到你的身上，
> 如同万千的飞萤投向光焰？
> 这些，还有别的许多说不尽的，
> 和着鸟雀们的热情的回荡，
> 都在手携手的赞美着
> 春的投生。

是的，他们爱得热烈，如火燎原，忘了伦理纲常，忘了宗法家风。

很快，他们的爱情就闹得满城风雨。

徐志摩和陆小曼结婚时的照片

　　他们一个使君有妇，一个罗敷有夫，自是成了当年的头条新闻，成了人们茶余饭后的谈资。

　　于有头有脸的王赓而言，这是莫大的羞辱，他曾经为此拔枪威胁过小曼。但终究因为太爱小曼，也没逼出什么结果来。

　　她依然为了爱志摩，坚决离婚，还打掉了肚子里的孩子。

　　或许是迫于压力，志摩决定赴欧洲以冷却这段感情。

　　因为思念苦，又因爱太深，小曼兼受压力和相思之苦，本就虚弱的身体被击垮了，她病了，且病情很严重。

　　还是胡适告知志摩的。

　　也许小曼是想让距离冷却一下这相思成灾的爱情，当胡适来看病中的她，问她是否要给志摩发个电报时，小曼是摇头的。不过，出于对他们二人的同情，胡适还是发了电报给志摩。

　　若没有这场重病，他俩的爱情或许就在时光中碎裂了，然而没有如果。

在接到电报之后，志摩第一时间赶了回来。

面对为爱痴心不变的小曼，他决定为这场爱情奋不顾身。

他们的决心和誓言，终战胜了各方阻力。

经过长达两年的努力和争取，小曼终于和王赓离了婚。不过，她付出的代价亦多，她因堕胎手术失败，终生不能再孕；亦因离婚而招致万千诟病。

后来，她之所以被不断误解，亦与此有关。

幸而，和志摩的婚礼如期举行了。

1926年10月3日，23岁的她和29岁的志摩在北海公园举行了婚礼。

他们一个笑靥如花，一个温情脉脉。

爱情，在婚姻里失了颜色

"婚姻是爱情的坟墓"，这句名言绝非危言耸听或者空谈，而是被生活多次验证了的。

看了小曼和志摩的婚姻生活，便可知晓。

婚后，小曼对浪漫奢华的追求并未有所收敛，反而更加为所欲为了。

这成了他们婚姻生活中最致命的伤。

其实，在小曼和志摩结婚前，徐家就万般阻挠。太过漂亮的小曼，不符合他们心中相夫教子的好妻子形象，再加上她婚内出轨，更是让他们一百个不满意。更何况，他们身边一直有贤妻良母型的张幼仪。因此，小曼与志摩的婚礼，徐家父母没有参加。

新婚不久，他们一起回老家，未曾想到，徐父为避开他们专门到了北京。

蜜月里如胶似漆，于他们夫妇二人而言，倒也没觉得有什么不快。

有情饮水饱，对于相爱的两个人，在一起比什么都快乐。

不久，因为战事，他们避居上海。

上海的生活是繁华绚丽、充满诱惑的。这里整日歌舞升平、名媛如云，最重要的是小曼又可以踏入她最爱的交际圈，这也让小曼不复恋爱时的可爱样子了。

很快，她以自己的貌美如花、才情满溢，成功跻身一众名流的交际圈。彼时的上海滩可谓名流云集，什么富贵子弟、名门遗少、倜傥才俊……小曼在上海社交界如鱼得水。

当时的小曼邀约不断，每天徐家都门庭若市。

于是，她终日周旋在这些交际场中，夜夜笙歌。

她成了轰动上海滩的名媛。

既是名媛，就要有名媛的活法和排场，于是她的欲望愈来愈多。

她要求排场，让志摩请来管家、用人，还专门请来厨师；她穿金戴银，衣衫、鞋帽样样顶级时髦；她出手阔绰，热衷结交名人、名伶，在各种社交场合流连忘返。

可是，她忘了她的挥霍无度，她的夜夜笙歌，都是加诸志摩头上的紧箍咒。

要知道，她花掉的一分一毫，都是他讲学、授课、写诗、写文赚来的。要知道，徐家家业早已衰败，即便有钱也不愿让她挥霍。而她自己还浑然不觉，曾写文言说其间的愉悦："以后日子中我们的快乐就别提了，我们从此走入了天国，踏进了乐园……"

志摩是太爱她了，也太宠溺她了。

为了她的快乐，他赔尽深情。

为她制造浪漫，亦陪她一起去戏院、歌厅，还陪她一起出演她最爱的越剧，如此等等，凡她爱、她想，他都愿付诸行动。

在虚幻中可以安然度过，在现实中却会寸步难行。

如流水触礁，现实的残酷会在激烈的碰撞中悉数显现。

最先改变的，是志摩。时日渐长，他体会到操持的艰辛，他的薪水相对于小曼的挥霍显得那样微不足道，渐渐地他甚觉力不从心。

为了最大限度地满足小曼，他开始四处奔波，只为赚取更多的银两。

于是，在金钱面前，他们的婚姻也不幸落入俗套。

他们开始像大多夫妻一样，日常为了钱而争执，冷战亦多。

他们的爱情，他们的爱之甜蜜，在现实的残酷里如落花一般凋零。一地残花，凌乱不堪！

后来的他们，更是陷入琐碎的争吵之中。

对他，小曼有了深深的怨念。她曾对王映霞这样抱怨："照理讲，婚后生活应该过得比过去甜蜜而幸福，实则不然，结婚成了爱情的坟墓。"

她是真的被奢华享受蒙蔽了双眼，不知道问题的症结在何处。

而志摩更觉辛苦，心中有万千深深的恼烦。他曾写信给小曼，道出自己心底的怨尤："前三年你初沾上习的时候，我心里不知有几百个早晚，像有蟹在横爬，不提多么难受，但因你身体太坏，竟连话都不能说。我又是好面子，要做西式绅士的，所以至多只是短时间绷长一个脸，一切都郁在心里。"

可是，无论他如何写、如何说，都无法唤醒陷于其间的小曼。

裂痕，在光阴里被撕扯得愈来愈大。

可是，小曼还不自知，依然我行我素、夜夜笙歌。

失了灵性，成了一个"恶"的人。

他若烟花，消散云端

"你是我的罂粟，一辈子将我蛊惑至死。"这样的句子，用在小曼和志摩的爱情上最为妥帖。

小曼于志摩，始终如罂粟，蛊惑满满，上瘾又戒不掉。即便小曼沉溺在奢靡之中不能自拔、无可救药，他亦未能做到不爱她。

他爱小曼，如生命！

故而，他们的婚姻生活陷入一种悲剧的壮烈中。

他爱得全心全意，亦爱得辛苦异常，尤其是在母亲去世的那一年。

母亲的离去，父子间的别扭，加之生活的入不敷出，件件都让他苦不堪言。

为了减轻生活的压力，他曾应胡适之邀到北平任教，本想劝说小曼一同前往，然而小曼迷恋上海的社交圈，果断拒绝了他。他只好一个人不断往返于上海、北平两地，其奔波劳累可想而知。

苦恼极了，他忍不住跟小曼写信诉说：

"……别的人更不必说常年常日不分离的。就是你我，一南一北。你说是我甘愿离南，我只说是你不肯随我北来。结果大家都不得痛快。但要彼此迁就的话，我已在上海迁就了这多年，再下去实在太危险，所以不得不猛省。我是无法勉强你的；我要你来，你不肯来，我有甚么法想？明知勉强的事是不彻底的；所以看情形，恐怕只能各是其是……我真也不知怎样想才好！"

他也忍不住跟朋友张慰慈夫妇诉说：

> ……我这个世界有些住腻的了，我这一年也不知那来的晦气，母亲死还不算，老头子和老家闹得僵绝……又犯了驿马命，南北奔波至八次之多，钱化得九孔十穿，掩补都来不及。更难受是小曼还来和我打架，我上海实在不能住，我请她北来她不肯，近几日来信大发脾气，害得我也怨天怨地坐立不是……我本心境已坏，但藉小曼明白了解以为唯一安慰，如今她又因为我偶发牢骚就此生怒，我真有些回顾苍茫，悲观起来了。

从他的这些哀怨字句中，可知他对当时的生活有多无望。

若是没有接下来发生的事，不知他们的生活将如何继续。

1931年11月17日晚，他回到家，看到了醉眼惺忪的陆小曼，内心痛苦极了。要知道他这次从北平回来，还在幻想着能带小曼去北平，两人重新开辟新生活。

然而，他看到的却是这样令人痛心失望的一幕。

第二天，他还是决定劝说小曼。可是，他进屋看到的，却是小曼与翁瑞午一起隔灯并枕，躺在一张榻上抽鸦片，末了还完全不顾忌自己在场，让翁瑞午为自己按摩。

被无视，尤其是被心底深爱的人无视，应是任谁都无法忍受的吧！

面对这一对对自己视若无睹的暧昧男女，他爆发了。他和小曼吵了起来，然而理亏的小曼并不示弱，且似泼妇一般还操起烟灯朝他狠狠砸去，烟灯擦过他的眼角，把他的眼镜打碎了。

　　碎落满地的是他的眼镜，真正破碎无法捡拾的却是他滴血的心。

　　于是，他在惊愕中愤然离家。

　　本来没有计划那天回北平的，因为无法面对如此不可理喻的小曼，所以他选择了赶乘那趟飞机。

　　1931年11月19日，他乘坐的飞机不幸失事。

　　就此，他若烟花，消散云端！

　　28岁的她，从此背负一生失去他的伤痛！

翁瑞午，这个男子

　　在小曼的人生中，最绕不开的是翁瑞午。

　　生之岁月里，他于小曼，是暖，是光，是春风，是至死不渝的陪伴。

　　细细查阅，惊觉他真是个光鲜的人儿。

　　其父翁印若曾任桂林知府。作为名门之后的他，曾就读于香港英国皇家学院。另外，他对琴棋书画、京剧、昆曲、评弹亦都精通；擅长行书、小楷，喜花卉，且诗文出口成章；还师承名医丁凤山，得真传，一手推拿神乎其技。他是沪上妥妥的名流。

　　最重要的，他还很会做生意，是一个地地道道的文化掮客。

　　如此之人，被胡适称为"自负风雅的俗子"，也算恰当得很。

　　若论名气，抑或名望、地位之类，翁瑞午当然不能与有着赫赫声名的徐志摩相比。然而，他一张嘴巧舌如簧，人有风情又有趣，女子一般都会对他迷恋不已。

　　更何况，他很会投其所好，对他喜欢的人是那样温柔呵护。比如，陆小曼。

就这一点，只懂浪漫的大情圣徐志摩就略逊一筹了。

所以，小曼虽深爱着志摩，却也无法抗拒翁瑞午对自己的好。哪个女子会拒绝被照顾，被呵护，被捧在手心里的感觉呢？更何况小曼向来就是被人侍奉惯了的。他对小曼从来都是百依百顺的，小曼说什么，他都习惯地说："我来，我来！"只要是小曼想要的、要求的，他都尽全力来满足。

因而小曼对他产生了深深的依赖，如对父亲、长兄一般的依赖，他成了她生活中最不可或缺的一部分。

然而，世人不这么看，也不这么认为，她一个已婚的女子，跟一个已婚的男子在一起，还卿卿我我无所顾忌，所谓"红杏出墙"就坐实了。

不过，对于她和翁瑞午的流言蜚语，任性的小曼，自我的小曼，是无所顾忌的。她照样我行我素地跟翁瑞午来往。

不知翁瑞午有心机还是其他，他诱导着小曼吸食鸦片，说鸦片可以减轻小曼的病痛。于是，小曼开始抽食鸦片，并且打着治病痛的旗号正大光明地抽。

就这样，学会抽鸦片的小曼，再也离不开他。

久而久之，他成了她床榻上一起抽鸦片的"闺中密友"，成了她最深的依赖。

小曼断然想不到的是，因为他，间接地害死了志摩。

或许孽缘如是吧！

志摩走后，兜转几遭，她终究没有离开他。

志摩的死，对小曼来说打击实在太大了，她几乎痛不欲生，正是有翁瑞午在身边不分昼夜地陪伴，她才能扛过来。后来，她曾对别人这样说："我与翁最初绝无苟且瓜葛，后来志摩堕（坠）机

陆
小
曼

死，我伤心之极，身体大坏。尽管确有许多追求者，也有许多人劝我改嫁，我都不愿，就因我始终深爱志摩。但是由于旧病更甚，翁医治更频，他又作为老友劝慰，在我家长住不归，年长日久，遂委身矣。但我向他约法三章，不许他抛弃发妻，我们不正式结婚。"

后来，他们终究是同居了。

小曼也恩慈，跟他有着这样的约法三章。

此时，无数人劝小曼不要跟他同居，尤其是仰慕小曼的胡适，他曾对小曼提过，要她与翁瑞午断交，以后一切费用由他全权负责。然小曼都一一拒绝了。生活，该以哪种方式继续，或许只有当事人最清楚。

她说："我对翁其实并无爱情，只有感情。"

她亦说："我的所作所为，志摩都看到了，志摩会了解我，不会怪罪我。情爱真不真，不在脸上、嘴上，而在心中。冥冥间，睡梦里，仿佛我看见、听见了志摩的认可。"

在他们共同相处的30多年里，翁瑞午对她始终如最初那般好。在最艰难的时候，他还花钱让她向贺天健学山水画，只希望她能在绘画方面有所造诣。

关于他对自己的好，小曼也是有良知的。

在翁瑞午失业后，两人生计全由亲友汇款接济，胡适曾来信相劝，希望小曼可速去南京开启新生活，然小曼回拒说："瑞午虽贫困已极时，但始终照顾得无微不至，廿多年了，吾何能把他逐走呢？"

多年情分，虽无爱情，也有了亲情吧。

年过花甲之时，翁瑞午病重。此际，他最放心不下的人，是小曼。

于是，他把自己的好友叫来，道出自己一生的重托："我要走了，今后拜托两位多多关照小曼，我在九泉之下也会感激不尽的。"

不久，翁瑞午去世。

世事如春梦。其实，无论外界如何评说翁瑞午这个人，他对陆小曼的情深意重是无可质疑的。

尾语

自失去志摩之后，她似换了个人，一夜长大。

她再不是那个艳妆高调出入交际圈的女子，而是一个素服静默闭门不出的人儿。

在她的卧室里，悬挂着一张志摩的照片，每隔几天，她都会买一束鲜花送给他。曾经，她对故友王映霞说："艳美的鲜花是志摩的象征，他是永远不会凋谢的，所以我不让鲜花有枯萎的一天。"

志摩在时，她曾是专门怄他的那个人，如今志摩不在了，她反而安静下来，像个孩子，若出水芙蓉，纯美地生活在一片碧波荡漾的湖水中，再没有谁可以撩拨她的心性。

从此，她的心里只放了志摩一个人。

诚如她在致志摩的挽联中所说："多少前尘成噩梦，五载哀欢，匆匆永诀，天道复奚论，欲死未能因母老；万千别恨向谁言，一身愁病，渺渺离魂，人间应不久，遗文编就答君心。"

是的，这之后的岁月，她将用全部的精力去整理志摩的遗作，专心致志地画画，然后怀念志摩。

《哭摩》，是她散文创作的顶峰。

文字里的悔和恨，满纸间淋漓铺就，如点点的冬日落梅花瓣，冷在那里且无所依。失去了志摩，即使翁瑞午始终在侧，她依然寂冷如在深海。

所以，她晚年时回忆过往，森森然说道："过去的一切好像做了一场噩梦，甜酸苦辣，样样味道都尝遍了……我又没有生儿育女，孤苦伶仃，形单影只，出门一个人，进门一个人，真是海一般深的凄凉和孤独。"

孤独，蚀骨的孤独。

1965年4月3日，一代佳人病逝于上海华东医院，时年62岁。

临终的她，还殷切地叮嘱朋友两件事：一是徐志摩全集出版，一是与徐志摩合葬。

然而，由于种种原因，与志摩合葬的心愿始终没能完成。后来，她的一个侄儿在苏州为她建造了一座衣冠冢，却跟远在海宁的徐志摩墓相隔千里。

记起她在初闻志摩逝去的噩耗时，在书桌前写下"天长地久有时尽，此恨绵绵无绝期"，或许，这一世他们的相遇、相恋、痴缠，一早就注定了这绵绵无绝期的遗恨。

回望她风华绝代的一生，留下了太多爱恨和传奇。

林徽因

如四月春风，似细雨，若繁星

1904 年 — 1955 年

她是最令人仰望的民国女子。

岁月铺陈，那时的女子独难如她，美成一个剪影、一幅画。

出众的才情，倾城的容貌，

耐得住学术的清冷和寂寞，亦受得了生活的艰辛与贫困。

这样的她，成了千万女子的榜样。

她是美人，亦是才女。

回望她绚烂传奇的一生，最令人称道的是她在建筑方面的成就。

看过形容她最好的一句话：

"立在一处，便似深谷中一朵独自开谢的白兰。极惹目。"

她就是民国女神林徽因。

她的童年，原生的家

徽因，祖籍福建，1904年出生于杭州。

林家是一个显赫富足的官宦世家。她的祖父林孝恂，进士出身，历官浙江金华、孝丰等地；祖母游氏，是一位端庄贤淑的美丽女子，典雅、高贵；父亲林长民，毕业于日本早稻田大学，擅诗文，工书法，曾任北洋政府司法总长等职，是清末民初一位活跃的政治家，亦是一个侠骨柔肠的父亲。

她一出生便继承了林家祖辈明慧儒雅的血统，注定会长成一个倾城绝代的才情女子。

她虽身为女孩，但刚出生时那粉雕玉琢的小脸蛋儿瞬间征服了大家的心。在一片赞叹声中，祖父林孝恂高兴地从《诗经·大雅·思齐》里取了"大姒嗣徽音，则百斯男"的句意，给她取了"徽音"这个美丽的名字。

不过，得万千宠爱的徽因的童年并不快乐。

为了给林家传宗接代，父亲林长民在她8岁的时候，另娶程氏。

母亲何氏因此失宠，如同被打入冷宫的妃妾。

何氏虽出生于富足人家，但不通文墨诗词，更因是富人家的女儿而养尊处优惯了，也不擅女红。这样的她，既无法以才情博得夫君林长民的宠爱，亦无法以贤惠博得婆婆的欢心。

所以，当林长民娶了学识颇高、温良美丽的上海女子程氏之后，何氏这个旧式女子便成了一个陈旧的人，被冷落在林家一隅。

若是婚姻不如意，再通情达理的女子也会生出好多怨尤，更何况是养尊处优的徽因的母亲。

比海还深的怨尤，使得何氏的性情如同狭窄角落里的光阴阴晴不定。

为此，徽因的童年便因母亲而有了一段绵长的痛苦记忆。

她虽然特别得父亲的宠爱，但她还是要和母亲生活在后院。

每当前院传来温馨家庭里才有的欢笑声时，母亲都会在死一般沉寂的院落里无休止地发牢骚。

她生性敏感，于无声中背负了来自父母情感不合的压力。

她虽然特别爱称自己为"天才女儿"的优秀父亲，但内心又怨他为何对母亲残忍冷漠；她虽然特别爱给予她温情呵护的母亲，但面对母亲对父亲的仇恨时又愁怨而无措。

她和父亲之间，长久以来似有一道无法逾越的沟壑。

家庭带来的伤痛，渐渐在她的身上蔓延，以至让她成了一个多愁善感的小孩。

常常，她会独自一人坐在木楼上，看天空飘过的云，满怀的孤

少女时期的林徽因

寂情绪无以排遣。

事实上，这样的伤痛伴随了她一生。

她在成年后，成了一位极负盛名的女诗人时，曾写下一篇回忆小说《模影零篇——绣绣》，透露出那时的伤害。那是她小时候的生活写照：绣绣，是一位乖巧的女孩，她生活在一个不幸的家庭里。母亲怯弱无能、狭隘多病，因而招致父亲的嫌弃及冷落，于是父亲娶了新姨太。之后，绣绣便整日夹在父母那无休止的争吵中。在没有温情、没有爱怜的家庭里，绣绣最终去世。

绣绣令人悲痛的人生，是她有伤岁月的写照。

或许正因这段经历，之后的她在面对感情时有了果敢的放弃，虽然也有过彷徨惆怅，但最后还是做到了收放自如，懂得如何取舍。

由此看来，伤痛的经历并不全是坏的。好的，坏的，都可能是磨砺一个人最好的课堂。

有一束光，照进了她的心底

时日久长，失宠的母亲变得歇斯底里，每日不是以泪洗面，就是抱怨絮叨，人也变得苛刻乖戾起来。

徽因偶尔会去前院找弟弟妹妹玩，回来定会惹来母亲一顿狠狠的训斥。

小小的林徽因因此背负了许多，日子过得纠结且灰暗。

还好，有一束光，照进了她的心底。

这束光，就是书籍。

5岁，她即在姑姑的启蒙下诵读诗书，看似漫不经心，却可过目不忘、出口成诵；9岁，她即可代表全家以稚嫩的笔触给外出的父亲写信，且言辞生动、应答得体，绝然不似9岁孩子的手笔。

除此之外，她更对家里的藏书、字画产生了浓厚的兴趣。

我想白雪、明月、青山、杨柳、桃花，这些隐现在古典诗词、字画里的独特意象，定能安慰在那些微寒寡欢的日子里的徽因。

在这些书籍、字画的滋养下，她小小年纪就悟得了人情世故，在父亲面前她尽力做着一个聪明玲珑的才情女儿，在母亲身边她则努力做着一个温顺听话的乖乖女。而大家族的是是非非，更让她小小年纪就体会明了，以后的自己一定要成为一个独立的人，不然定会似母亲一般遭人冷落。

所以，她努力让自己爱好广泛，对生活、对文学、对艺术都保有极大的热情。

这样的她，聪慧多才，加之出落得清秀美丽，成了父亲最疼爱的孩子。

父亲开始重视她的教育问题，在她12岁时，将她转入培华女子中学。

培华女子中学是由英国在华的传教士苏慧廉之女谢福芸于1914年创办的。在这里，她开始接受英国贵族式教育。

知识的浸润，父亲的栽培，加之她的聪明伶俐，让她变得与众不同，安静时娴雅，活泼时朝气蓬勃。她成了父亲的心头爱，父亲走到哪里都喜欢带着她。她成了他的骄傲。

1920年，父亲以"国际联盟中国协会"成员的身份，被政府派往欧洲考察时，便带着她一同前往。

因此，她得以跟随父亲游历欧洲。

一到欧洲，父亲就忙不迭地带着她遍游各地，为的是让她"观览诸国事物增长见识"，"扩大眼光养成将来改良社会的见

林徽因和父亲

解与能力"。

　　他们游历了法国、德国、瑞士、比利时等国，游览了一处处文化古迹、一座座博物馆，及工业社会迅速发展起来的工厂、报馆等产业。

　　游览之外，父亲常常会因工作外出应酬，独自待在旅馆里的她便如饥似渴地阅读一些英文书刊，读到打动自己的作品时她还亲自动手翻译。她的英语就此练得十分了得，一口牛津音说得很是地道生动。

　　知识融入骨血，书香化为气质。她在1920年9月，以十分优异的成绩考入了伦敦圣玛丽学院，开启了更广阔的求学之路。

　　恰在那时，她还认识了影响她一生之爱好的女房东。

　　女房东是个在建筑学方面很有成就的人。在女房东的影响下，她见识到那些"凝固的音乐""石头的史诗"，那些藏在古建筑里的历史和厚重之美。于是，16岁的她在心底立下志愿：投身建筑事业！这一志愿，深深影响了她一生的选择。

父亲曾说过："做一个天才的女儿的父亲，不是容易享的福，你得放低你天伦的辈分，先求做到友谊的了解。"这是父亲对她的优秀的认可。

于她自己而言，能有这样的一位父亲亦是心生温暖的。

父亲在她成长的岁月里，亦如一束光，照亮了她人生向前的路。

最初的懵懂心动

爱似桃红，初绽最是艳美。

她和他的那段初识，常令我想到初绽的桃红。在河岸，他们一个年少清怡，一个纯洁似雪。

他们初识于英国的伦敦。那时，她和父亲旅居于此。在一个温煦的日子，他敲门而入，拜访著名的书法家兼诗人林长民。

人说，缘分天注定，无论善缘还是孽缘。

他初见她，即觉她"闪亮得如同一颗星"，旋即被吸引，浪漫诗人的缠绵情意就此为她蔓延开来。

他的心，似春风吹着春花，日日萌生美好的念想。

他的名字，叫徐志摩，是大名鼎鼎的天才诗人。

在那之后，他拜访林长民的频次越来越高，渐渐地跟她熟稔起来。他开始了对她的疯狂追求，怕错过这次便错过了一辈子。

他每隔一两天，就会到林家公寓喝茶、聊天，以一天一封的频率给她寄信。文字，是极具感染力的，亦是火辣辣的，这让一个16岁的少女心跳不已。

对一个少女而言，他俊俏的容颜、儒雅的风度以及诗人浪漫至

少女时期的林徽因

极的气质，是充满魅力的。

再说，身在异乡最易生孤独之感，有一人与她如此妥帖陪伴，让她少女的内心有了小鹿乱撞的悸动。她虽然懵懂，在那时那刻却是真心欢喜的。

她还未知他有妻儿，只将他视为一个追求她的男子。

很快，他们像世间的年轻男女一样堕入爱河。

只是，他忘记了自己是孩子的父亲，女子的夫君。

不，他没有忘记，只是厌烦地将此视为累赘，要残忍地将其抛弃。在爱慕林徽因的时候，他成了疯子，冷酷无情的疯子。

他为了爱的自由，要跟自己的结发妻子张幼仪离婚，可那时张幼仪还怀着他的骨肉。

他只为了他的爱而活，不再管其他人的死沽。

爱情有时真的是甲之蜜糖乙之砒霜，于徽因她得到的是蜜糖，于张幼仪她得到的则是砒霜。

相对他盲目冷酷的表现，小他多岁的徽因，好过他太多。她虽在最初对他那些痴狂的爱有所心动，还曾与他在康桥之上一起许下诺言，但是她的自持内省，教她要清醒，要懂得取舍。

所以，最终她让这段康桥的浪漫爱恋，化为一场美丽而残败的梦。

1921年10月，林长民出国考察的时间到期，她毅然跟随父亲乘海轮"波罗加"号回国。她将志摩，就此冷在了那座留下他们爱情回忆的桥上。

就此，她和他一转身便是天涯。

在爱恋里，似她这般清醒的女子，真的少之又少。若都能如她，这世间也就少了无数的痴情怨女，那么爱情的苦酒便也不会似毒药一般，总让人含恨而饮了。

择一人相伴终老，亦是美好

她离开志摩，并非不心痛，并非那般潇洒。毕竟于女子而言，初恋最是刻苦铭心。

不过，她自小见惯了妻妾之争的悲哀，母亲卑微苟活的样子，一直似针一般刺痛着她。她认清了，也明了了，自己和他之间注定是不完美的结局。

因此，她才如此决绝地离开。

她是真的不愿看到更大的破碎了。

回国后，她继续在培华女子中学学习。她看上去依然美好无邪，没有谁能看出她的情伤。这样的女子，才是真正可以心中修篱种菊、淡然从容的吧。所以，在和思成重逢时，面对思成的追求，她可以淡定自若地应允并和他交往。

梁思成是梁启超的儿子，比徽因大3岁。

其实，早在徽因14岁的时候，他们就见过了。他们林、梁两家本就是世交。当年梁启超带着17岁的梁思成，从南长街的家中专门来到景山附近的林家。

那时的徽因已长得亭亭玉立，她的才情及艳绝的气质，让见过她的人皆生一份仰慕在心头。

在林长民的书房里，梁思成自是被这样的林徽因惊艳到了。

那日，她一身仙子般的打扮，精致的五官有着雕琢之美，笑靥若花，一张脸上仍带有稚气，那清亮的双眸里透露着迷人的气息，好似出水芙蓉一般。

在她翩然转身时，梁思成便知道这个手捧诗书、静弹箜篌、清新淡雅、飘逸绝尘的女子，入了自己的心。

徽因对于这次的初见，留有怎样的记忆，没有任何文字可循。或许，只是一种初见的愉悦心情，无关男女间的任何情感。不然，她是不会在若干年后，于康桥将一颗懵懂的少女之心交付给另一个男子的。

思成则大不同，这一见之后再也没能忘记她。

所幸，她最终选择的是他。

他们时常到环境优美的北海公园游玩。在和思成的深入交往中，她愈发觉察到自己选择的正确。因为，跟思成在一起的感觉是那么灿烂温暖，而跟志摩在一起的感觉却永远那么潮湿，如同雨季

大文豪泰戈尔来华，林徽因、徐志摩相陪

抑或新月朦胧的夜晚，总是一丝明媚、一丝混沌不断交织着。

真正会爱自己的女子，都会似徽因这般去选择温暖的人。

要知道，在冷暖自知的现世里，能汲取到一点暖意是多么难得。

可徐志摩却参不透这个道理，他依旧不死心。一年后，他恢复了单身，放弃了剑桥大学的学位，抱着一线希望去北京找徽因。只是，这时在爱里愈发光彩照人的徽因，让他深深感到这份爱已不再属于他了。

可他不能说服自己放弃，更控制不住自己而去见她。

直到有一天在林家的门口，他看到一张英文字条后，才怅然返回。原来，他经常悄悄到徽因和思成约会的地方，次数多了自然引起思成的反感，于是就有了这张写着"Lovers want to be left alone"（情人不愿受干扰）的字条。

聪明的她，怎么会不知志摩的心意呢？然而，爱而不可得的道理她太懂了。所以，过去的就让它过去了，回不去的何必再纠缠。

于是，她装着一副无比冷酷的模样，将志摩那一颗炽热的心无情地挡在那里。

我想，她亦深知，这世间所有的相逢都是红尘中的一场偶遇，一旦分别，再无痕迹。更知道，这世间的风花雪月，都不如一段平淡的温暖时光。

爱情再绚烂，也是美如烟火，一瞬即逝。对一个女子来说，安稳比爱情更重要。

能择一人相伴终生，是最美好的事。

1924年6月，她和思成以情侣的身份双双赴美国宾夕法尼亚大学留学。

1928年3月，在加拿大思成的姐姐家，她和思成举行了婚礼。

梁思成和林徽因在加拿大完婚

婚后，他们接受梁启超的安排，赴欧洲参观古建筑，后于8月回国。是年9月，归国后的梁思成、林徽因均受聘于东北大学建筑系，分别被任命为系主任、教授。

日子如流水，这之后徽因便沿着这条适合自己的人生路行走，虽没有华美锦绣，却也山水相宜。

对她而言，这才是生活。

平淡的生活，如溪流般过得波澜不惊、清雅安稳，是她这一生对的选择。

不知谁曾说过，真正的美人如同一朵莲，清白无浪，洁净得可照见自己的浑浊。

徽因正是这样的女子，因而她获得思成为她细心守候的美满一生。

时光里，始终安然出尘

在她的生命中，还有一个令人感叹的男子——金岳霖。

是怎样的女子，才会令一位学界泰斗如此动心，如此无悔付出而不求回报呢？关于这样的爱恋，从古至今我只听闻这一则。

也许有许多人像我一般有着八卦的心，会猜测徽因是否真爱过金岳霖。

我想应该是爱过的吧，不然她不会在那一天，对着外出归来的丈夫思成说这样的话："我苦恼极了，因为我同时爱上了两个人，不知怎么办才好？"

世间最会处理婚姻危机的，当属看似憨厚的思成了。只说那一日，他听徽因如此说完，便沉默不语，一夜辗转未眠之后，他对徽因大度地说："你是自由的，如果你选择了老金，我祝愿你们永远幸福。"

这么看来，思成是最了解徽因的，比徽因自己还要了解。所以，他笃定徽因不会轻易因为爱上金岳霖而离开他，抛弃家庭，想当初她可以那般果断地离开志摩，今日便不会与金岳霖无所畏惧地相爱。自我的约束和内省，不允许她有放纵自己的可能。

更何况，她现在有宠爱自己的丈夫，有乖巧伶俐的女儿，还有属于自己的辉煌事业。这些怎是一个情爱能战胜的？

所以，她情感的迷惘，肯定是暂时的。

当徽因无所顾忌地将思成的话转述给金岳霖时，明朗温善的金岳霖当即回答道："看来思成是真正爱你的，我不能伤害一个真正爱你的人，我应当退出。"

就这样，一场婚姻危机被思成轻巧化解。

尽管金岳霖仍然深爱着徽因，可他爱得冷静理智，并且用这种理性驾驭了自己一生的感情，只爱慕了徽因一辈子。

在徽因和思成夫妇的沙龙聚会里，他始终是座上常客。他们三人，志趣相投，交情至深。他们也一直毗邻而居，这是因为无论徽因住到了哪里，金岳霖都会默默地搬到那里。他以这种温和的无伤害的方式默默守护着自己心中爱慕的女子，不离不弃。而徽因，也早已习惯了来自他的这种呵护，无论何时何地，只要他在，她即心安。

对徽因的爱，他真是做到了一生不变。

据说，20世纪60年代，徽因去世已久，思成另娶了他的学生林洙。只金岳霖一个人，还在怀想着徽因。在徽因生日那天，他特意将以往的老朋友们都请到北京饭店，不说理由，待到饭吃了一半时，才站起身说今天是徽因的生日。如此，搞得在场的老朋友们望着这位终身不娶的老者，皆潸然泪下。

一个男子，情深若此，真会让人为之心疼不已。

而一个女子，若是一生中遇着这样一个男子，定是终生无憾的。

不过，徽因确实是值得男子这般对待的女中翘楚。

想她的一生，虽历经几段感情，但自始至终是清醒的，未曾将谁伤到满身疮痍、支离破碎。她永远用那温和的姿态对待爱她的男子，每一个深爱过她的男子在跟她相处时都如沐春风。

她在事业上亦成就非凡。她和思成一起研究的古代建筑学成为彼时最瑰丽的一道风景。为了她热爱的事业，她毫不娇柔，虽身染疾病，却坚忍地跟随丈夫思成的足迹走遍天涯。

世人亦知她这个女子，并非只会风花雪月，亦深谙民间百态，懂得人情冷暖，是个食人间烟火的女神。

这样秀外慧中、自持坚忍的女子，怎会不以非凡的魅力让人一见倾心呢？

作为女子，我阅看过关于她的种种记载，无一不令我倾心仰慕。更何况那时期的男子。

即便岁月困顿，流年飞逝，她都在那处独自美好着。

尾语

51岁那年，她平静地离去。

病榻之上，她还忙着清华大学建筑系的相关工作，为保护北京城古建筑而呼吁。

这才是真正的才女，更是一个有责任心的建筑学家。她这一生，从不将自己局限于风花雪月、柴米油盐中；她的心中有丘壑，

病榻上的林徽因

眉间显山河，于岁时光阴里努力地将生活过得热气腾腾。

摒弃她倾城的貌和被人言说的那些红粉情事，她才是真正"心中修篱种菊"的淡泊人。

种花香拂面，燕过声掠耳。

浮世清欢，细水长流。

隔着时空的风烟，她在时光深处永远是位风华绝代的人，是如四月春风，似细雪，若繁星！

孟小冬

她想要的，是势均力敌的爱

1907 年 — 1977 年

仿佛门环上的老绿，滴出暗锈来，
摸一把，似摸到记忆，
而推开门，
却看到院子里，满目荒愁，
她着一身男装，
凛凛然站在戏台上，
唱着"一马离了西凉界……"，
就此，让世人深刻地记了一个世纪！

她，是那"梨园冬皇"

她出生于1907年，农历十一月十六。因是寒冬时节，父亲给她起名叫小冬。

同年，一身胆识的杜月笙，一双脚踏进了"黄公馆"，从此平步青云；舞台上扮相娇媚的梅兰芳正式搭台唱戏。

那一年，谁也不知道这交错的人和事，经年后演成一个故事，一个传奇。

小冬家，是梨园世家。

从爷爷孟七到父亲、叔伯，每个人都身在梨园。

在当时，唱戏还是"下九流"的行当，所以，父亲根本不愿意她入梨园。父亲太知道这一行的难，若非名角，若非大红大紫，就会永远活在人家的脚底下。

或许，一切都是命定，注定终不能用任何外力来阻挡，就如小冬。她看着大人拿大顶、玩花枪，便也拿起枪来有模有样地学着，父亲看到，十分气恼，一把夺过她手里的枪，呵斥她说以后不准来后院。可那又如何，她在前院仍偷偷拿大顶、举花枪。

罢了，父亲拧不过，叹气说，唱吧！

从此，她便跟着父亲一起练功，吊嗓子、压腿练得十分认真。

天分，是很难掩盖的。姑父是最早发现她天生能吃这碗饭的人，他接手了小冬的教育，成了她的启蒙老师。

至此，小冬正式步入梨园，也步入了江湖。

姑父对她的管教非常严格，唱念做打的功夫上稍有差错就会招致一顿责骂。

功夫不负有心人，她首次登台唱《乌盆记》，一开口即惊艳全场。12岁那年，她更在无锡首次挑帘成功，一下子就火遍了整个江苏。

从此，梨园界多了一个孟小冬。

14岁时，她闯荡上海滩，一亮相即惊艳整个十里洋场，当时舆论便有极高的赞誉给她："扮相俊秀，嗓音宽亮，不带雌音，在坤生中已有首屈一指之势。"

她能获得如此殊荣，得益于她过人的天赋，也源于她数年如一日的苦练。

彼时在梨园行，不入京则不成角儿，这是行业规矩。于是，她选择进京深造。

那一年她18岁，只身一人，怀着期待，怀着忐忑。

她自己应也未曾想到，在高手云集的京城梨园界，她仅仅用了半年的时间，就让自己的名字红遍京城。撰写剧评的"燕京散人"曾评价她的孟腔："……这是千千万万人里难得一见的，在女须生地界，不敢说后无来者，至少可说前无古人。"

年轻时的孟小冬

据说，她到北平的第一场戏，安排在前门外大栅栏的三庆园。小冬以全本《探母回令》让满场沸腾，她也就此名扬京城。

正值花样美年华，眉目如画、戏好人美的小冬，很快受到万千人的追捧。

自此，一代"冬皇"的美名响彻京城。

那一幕怦然心动的初见

缘分，是曼妙的。

这世间有万千情愫，源于缘分，一如孟小冬和梅兰芳。

那是1926年下半年的一天，他们同台共演一曲《游龙戏凤》。戏中，他是卖酒度光阴的飒爽李凤姐，她则是微服私访的偶傥正德帝。于是，男扮女装的梅郎，女扮男装的"冬皇"，一出场就惊艳全场。

他们珠联璧合之下，名动京城。

一切缘分，也在这幕戏中暗生。

戏文朗朗，说的是别人的故事，演绎出来的却是他们自己的传奇。

台上，是他们打情骂俏的演绎；台下，则是他们粉丝的狂欢。在他们二位的粉丝心中，世上只他俩是天作之合！

于是，人们萌生了要撮合二人的心思。

"须生之后"的她，是美的、迷人的，亦是飒爽的、洒脱的，有世间女子罕见的美貌才情；"旦角之王"的他，则潇洒偶傥，英气勃发，如此二人，真可谓郎才女貌。

那一天，他们见面后，她只轻唤了声："梅大爷。"

然，在二人的心中，所谓情不知所起，再不必多言其他。

后来，在大家的刻意安排下，他们二人之间的合作多了起来，什么《四郎探母》《二进宫》等等，这一出出的精妙绝伦的戏不断上演，他们之间的情愫便一层层加深。

很快，两个人走到了一起。

小冬虽刚烈有傲骨，但亦有少女怀春的柔软心意，她对"四大名旦"之首的梅郎心动不已。

倜傥的梅郎，同样爱上了傲然独立的小冬。

只是，愿望是丰满的，现实是残酷的。

真到了谈婚论嫁的时候，问题还是接踵而来。此时，梅兰芳早已有了两房太太，她若嫁过去就是妾，以她的个性自是不愿的。

于是，有人来劝说，说梅家的大夫人因为身患肺结核，早已不问世事避居天津。而现在陪伴在侧的二太太福芝芳亦是妾，她若嫁过去也是跟福芝芳平分秋色，其实算不得妾的。

如同所有恋爱中的女子一样，小冬被说动了。

1927年，20岁的小冬嫁给了33岁的梅兰芳，凤冠霞帔，爱意深浓，好一番世间美景。

女子大多为爱而生，孟小冬亦然。既然爱了，就会有所牺牲。

只是，这牺牲确实委屈了她。

凡女子都期待的婚礼，梅兰芳没能给她，只是请了相熟的朋友一起吃了个饭；因为福芝芳的反对，她也没能顺利进入"梅府"，两人在北平找了一处四合院住下来。

因为婚礼低调，当时关于他们结婚的报道信息也是很少的。关于他们结为连理一事，也就有个署名"傲翁"的文章登在小报上，小小的篇幅，寥寥数字："小冬听从记者意见，决定嫁，新郎不是阔佬，也不是督军省长之类，而是梅兰芳。"

这样的情势，对她委实是不公平的。

按道理来说，她这"一代冬皇"嫁的是"一代伶王"，怎的也该是一个轰动一时的大新闻呢！

原因无他，只因梅兰芳对她的爱并没有那么深。

要是爱得深爱得够的话，绝不会让她委屈至此。

没有婚礼，没有归宿，说白了不过是他金屋藏娇的一个人而已。

或许，这便是世间爱情吧。

不过一场风月戏罢了

婚后，他们住在于东城内务部街租的房子里。

那场简单到不能再简单的婚礼，省却了三书六礼，算不得明媒正娶，充其量，他们在一起，就只是同居。

这就是孟小冬舍下半生功与名，得来的身份。

对当时深陷爱情里的小冬而言，这也没有什么，只要能跟心爱的人在一起，仿佛一切都不重要了。

只是，她的果决刚烈与他的优柔寡断，是这段情缘里的悲剧注脚。

最初，他们相遇，她即知晓他早有妻妾。奈何情深，奈何年少，她单纯地以为只要两个人彼此相爱，一切都不是问题。她心中还是存有"两情若是久长时，又岂在朝朝暮暮"的爱情幻想。

然而，爱情在现实里最易破碎。

当俗世纷扰袭来时，良人不在，只剩一地鸡毛的难看世相。

那时，她作为"一代坤伶"拥有无数戏迷。

李志刚，便是其中之一。

彼时还是大学生的李志刚，已喜欢孟小冬许久，当知晓孟小冬和梅兰芳结婚一事时，他就发疯、发狂、发癫了，他认为梅兰芳抢走了自己的心上人。于是，他拿了把枪来到他们居住的四合院，本来也只是想吓唬人的，谁知一慌张竟失手打死了来梅家做客的张汉举。

如此血案，将梅兰芳吓得不轻，加之当时大报小报都对这场血案进行报道，更是让他觉得心神难安。

他怕这件事影响了自己正好的事业，亦怕再生类似的事端。

于是，他对小冬的感情渐渐熄灭了。

这之后，他们之间的感情便先从梅兰芳那里淡了下来。

光阴凉、落花冢，戏文里的风月，终究只在戏文中，现实里终成烟花、成灰烬。

一如他们的爱情。

"梅党"及梅家人，就此纷纷开始支持一直反对他们婚姻的福芝芳来，竭力拆散这段姻缘。

俗世的人，俗世的男子，让小冬饱尝人间冷暖。

那些戏曲里的冰冷，原以为只是在戏中品尝，而此次在生活里尝尽，让她顿觉万念俱灰。

她开始看清这残酷的世相，亦看清了俗世中的梅兰芳。

原本，以为没了爱情，在平淡无味的日子里，就这么过也可以。

然而，棘手的事情，一件接一件地来。

先是1929年，梅兰芳赴美演出。谁可以随行，谁即可昭告天下自己是梅夫人。据说，彼时福芝芳正怀有身孕，所以，梅兰芳是打算带着小冬去的。然而，好强的福芝芳如何会容许。虽同是妾身，她因为梅家生儿育女，早在梅府安置了"定海神针"，已是妥妥的梅家第一夫人的地位。这次不去，岂不是将自己多年维护的地位拱手相让？

孟小冬与梅兰芳

于是，为阻止小冬随行，她意欲堕胎。

无奈，梅兰芳决定独行，才平息了这场风波。

可是，生活还是没饶过他们的爱情。

1930年，将梅兰芳抚养成人的大伯母，即梅雨田的夫人过世了。小冬知晓后，便依礼前去给婆婆守孝。于是，削短发、戴白花、着孝衣，她来到梅府。结婚近四年，这是她第一次来到梅府。

谁知，她刚刚到了梅府门前，就被福芝芳叫人给拦住了。也是，到了梅府，进了梅府的门，她就算是梅家的人了，所以，福芝芳是抵死也不会让她轻易进门的。

挡住她进路的人，冷冷地称呼她为孟小姐。一句"孟小姐"，即压根不承认她是梅家的人。挡在梅府门前的福芝芳，更是歇斯底里地厉声说着，若是敢让她进来，就拿两个孩子还有肚子里的一个，和她拼了。

女儿身、男儿心的她，喉中如同哽住了一颗硬糖，终究不是唱青衣的福芝芳的对手。戏文里以柔克刚的桥段，唱多了，也就应验了。

身为女子，她知晓，她懂得，福芝芳对自己的恨意。

然而，她深爱的梅郎在怄意里却也将自己拦在门外，让她心寒不已。就这样，她一个人被冷在凛冽北风里。

无情人，才会说无情话。只可怨，她对一个人痴情。

扯掉白花，她转过身子，冷着一颗心离开了。

碧空如洗，世间至此就她一个人。她知道，她应该跟他分手了。拨开戏文云雾，胡琴咿呀里他也不过是个平凡的男子，会自私，会懦弱，会冷酷，更会计较得失……

如镜中花、水中月，这段情终会幻灭！

因此，当梅郎追来，她果断拒绝了他。雨中一夜清冷，他在室外，她在室内，或许心中有纠结，但终究她没让他进来。

就这样，她和他的这一段姻缘，最终成了她和他在舞台上千般辉煌中的一时幻彩。

终是曲终人散，空寂寞。

只叹这世间事！

她想要的，是势均力敌的爱，而不是被轻视。

所幸，前方有余叔岩指引

被辜负，对任何女子而言，都是伤！

于小冬，亦是。她纵有一身傲骨，却被击得遍体鳞伤。据说，她曾绝食，曾病得一塌糊涂。

还好，她有她的骄傲。虽然在这场感情里输得彻底，但她始终有自己的盔甲。所以，当天津大报上有人化名连载影射她向某名伶敲诈数万大洋的文章时，她知晓自己绝不可自我消沉，中了别人的诡计。

于是，天津《大公报》上，她连登三天一则《孟小冬紧要启事》。500多字的启事，字字句句皆是她的铿锵骨气：

> 启者：冬自幼习艺，谨守家规，虽未读书，略闻礼教。荡检之行，素所不齿……旋经人介绍，与梅兰芳结婚。冬当时年岁幼稚，世故不熟，一切皆听介绍人主持。名定兼祧，尽人皆知。乃兰芳含糊其事，于祧母去世之日，不能实践前言，致名分顿失保障。虽经友人劝导，本人辩论，兰芳概置不理，足见毫无情义可言。冬自叹身世苦恼，复遭打击，遂毅然与兰芳脱离家庭关系。是我负人？抑人负我？世间自有公论，不待冬之赘言。抑冬更有重要声明者：数年前，九条胡同有李某，威迫兰芳，致生剧变。有人以为冬与李某颇有关系，当日举动，疑系因冬而发。并有好事者，未经访察，遽编说部，含沙射影，希图敲诈，实属侮辱太甚……自声明后，如有故意毁坏本人名誉，妄造是非，混淆视听者，冬惟有诉之法律之一途。勿谓冬为孤弱女子，遂自甘放弃人权也。特此声明。

一句"是我负人？抑人负我？世间自有公论，不待冬之赘言"，可见她的不屈！

铿锵有力的字句里，有她的愤恨，亦有她的傲骨。

是的，所托非良人，唯有自我强大。

情殇之后，是清醒。

她选择在天津居士林皈依佛门，告别舞台，过了一段吃斋念佛的清净日子。

沉寂了一段时日后，她又决定将所有心思交付给她最爱的京剧。

有幸，她得以拜在京剧头号人物余叔岩的门下。

余叔岩，独创的老生技法惊才绝艳，拜其为师是当年唱老生者的夙愿。

于小冬，亦然。

那一年，她终成为余叔岩门下唯一的女弟子。

对孟小冬，余叔岩一直是认同的。曾经有很多人想拜他为师，他都一一拒绝，朋友问他："当今之世，谁比较好呢？"他如是回答道："目前内外行中，接近我的戏路，且堪造就的，只有孟小冬一人！"

有些事，是冥冥中注定的。比如，他们能成为师徒。

当时的余叔岩，已是旧疾缠身，幸好有她在身边殷勤侍奉，照顾周到，请问艺事，敬业执着。自然，余叔岩也是倾囊相授，一招一式都亲自为她示范。

她自好学，亦灵性斐然。眉眼、手势皆要求完美，故而她将余派精髓学到了骨子里。从此，"冬皇"成虚名，她成了余派真传弟子。

对这样的小冬，余叔岩也是呵护有加。

有人曾如是说："（孟小冬）自拜叔岩，则每日必至余家用功，寒暑无间。前后五年，学了数十出戏，是余派唯一得到衣钵真传的人。"

是的，学艺经年，她演出的余派之戏皆艳绝无涯。尤其是一场《搜孤救孤》的戏，穿上戏服，她即全是英气，不染胭脂水粉之气，如阳春白雪，唱腔利落、洗练。

遂成绝唱，亦是盛况！

人说，青衣薄幸、戏子无情，于她非也。

师父溘然长逝，她虽已是"须生"第一，却始终虔诚地隐在恩师的余光之中。

这般有情有义，世间戏子或只她一人！

她要的爱，关乎懂得

天意眷顾，在后来的人生里，她逢到生命里的另外一个男人。

他的名字，叫杜月笙，是一个跺跺脚上海滩都要为之颤抖的人物。在与梅兰芳分道扬镳之际，她曾冷然对他说过："我今后要么不唱戏，再唱戏不会比你差；今后要么不嫁人，再嫁人也绝不会比你差！"

果然，这话在光阴里应验。

谁与谁相遇、相恋，始终是缘分纠缠，一点不假，看小冬和杜月笙即知。

那一年，两广、四川等地发生特大水灾，杜月笙特地在上海举办了一场赈灾义演，暨贺自己60岁寿诞。当时，邀请名单里全都是角儿，自然梅兰芳、孟小冬也在列。

杜月笙爱戏，尤其是京剧，有着"天下头号戏迷"的称号，曾兼任多家票房的理事，自己更是开设恒社，设置京剧组，据说当年一些大红名伶都是该社门徒。

对京剧疯狂热爱的杜月笙，自是多年前就与孟小冬认识的。

只是，此次再相逢，杜月笙已不是当年那个小人物了。

曾经，他只是她众多粉丝中的一员，迷恋仰慕于她的唱腔、身段。而今，他是上海滩的头号人物，叱咤风云的上海青帮老大，绝对是个跺一跺脚地就乱颤的人！

初识时小冬正值豆蔻年华。

他说有朝一日，他杜月笙定会娶孟小冬为妻，这成了他一生的誓言。所以，当她经历种种时，他都在。

在暗处，帮她处理是非、解除苦困。

小冬和梅兰芳离婚，是他亲自出面，从旁证明离婚的那一纸契约；小冬拜师余叔岩，苦心孤诣皈依京剧时，是他帮着上下打点。那时，她久不演出，吃斋念佛那么久，毫无积蓄，所依靠的都是他无声的支持。

于小冬，他这默默的温情付出，她不是没有感知的。所以，当他邀她为自己庆祝寿诞之时，她满口答应，只为好好报答他的情深意重。

对这个做了她20多年的知己，始终将她牵系于心的人，她决定用余生来好好酬报。

如是，她住进了他的杜公馆。

孟小冬与杜月笙结婚照

彼时他已是花甲病体，终日缠绵榻上。然，感念他之深情的她，决定永远照拂他左右。

从此，她洗尽铅华，做了一个淡然的人，淡淡地陪伴着他，不争不抢，沉默寡言，对尘事漠然置之。

唯有一次，她为自己说过一句争辩的话。

那是杜家计划举家避难香港前，统计家里有多少本护照时，她幽幽地说了句："我跟着去，算使唤丫头呢？还是算女朋友呢？"

她心里到底还是介意这个名分的。

过了这么多年，名分始终是她心底最深的痛！

她，究竟还是争了。

戏里，他描了眉、敷上粉，宛转清唱一句"妾身未分明"，依然刺痛着她。经年后成疤、成烙印！

踽踽独行了多年，冷暖唯她自知。

幸好，她还有杜月笙。

原来，世间最懂得她的是他；多年知己，他亦是担当得起的。

在香港九龙，他坐着轮椅和她举行了一场隆重的婚礼。那一

中年孟小冬和杜月笙

年，他62岁，小冬已43岁。

人生过半，这一名分足够安慰她一生。

杜月笙曾对人说过："我活了六十多年，对于男女之间的事体，向来只晓得一个喜欢，根本不懂得什么叫爱。现在我说出来你不要笑我，直到抗战胜利的这几年里，我才懂得爱跟喜欢之间，距离是很大的哩。"

是的，这个爱慕了她二十几年，称霸上海滩的男人，给她的是深情和懂得。

于世间女子而言，爱里有懂得，才是最深情。

一如杜月笙与孟小冬那样。

尾语

只是，好景不长，杜月笙不久便去世了。

他为她牵挂，在临终前留给小冬两万美金的遗产，以保她后半生的衣食无忧。

空沱沱这世界，她又成了一个人。

她独居在香港一处普通的公寓里，那是她和他最后待过的地方，虽不似上海杜公馆那般恢弘有气势，却因氤氲着她和他的气息而温情满满。

她深居简出，不再涉足梨园，粉墨登场仿似上辈子的事情了。她并不觉得遗憾，反倒释然了。

曾经她念念不忘的梅郎，在香港他们有过一次重逢。

那时，梅郎特地在香港转机，挑了个时间去看寡居的她。然而，情缘已不在，再见亦无语。但这并不代表她已忘了他。毕竟，他是她倾心深爱的第一个人。在她的房间里，供奉的灵位中，一张是恩师余叔岩，另一张就是梅兰芳。

纵然旧情尽，到底意难平。

暮年时，她一个人独守一份寂静，早已不是当初那个为爱奔忙的女子。

曾经沧桑、旧情过往，都成烟花一现，灰飞烟灭，再无从追忆。

1977年5月26日，她已70岁高龄，走完了生命中的最后一天。

曲终人散，浮华盛世里她只成孤清追忆。而后，我们再记起这位阅尽世间悲欢离合的绝代佳人，也就懂得什么叫作幻梦一场。

原来，漫长人生也不过一瞬，再多的辉煌荣光，最后都归于平淡。

所谓人生如戏，戏如人生，就似她这般。

她之后，世间再无"梨园冬皇"！

胡蝶

觥筹交错的十里洋场里，
她是绝世艳美的人儿，有着一顾倾城的容貌。
清幽宁静的弄堂深处，
她是睿智的人儿，懂得如何善待自己。
身处乱世，她深知——
生活，除了谋生，还要谋爱。

水银灯下的缘

她穿一身淡素梅花旗袍，眼神妩媚，笑容摄人心魄，一对俊俏的梨涡透着女子的娴静淑雅。

彼时，她被誉为"中国的葛利泰·嘉宝"，与彼时活跃在银幕上的阮玲玉并称为"默片双绝"。

她叫胡蝶，1908年出生在上海提篮桥怡和码头附近。

她的本名叫胡瑞华，乳名宝娟，皆是父亲所取。父亲爱她，希望她能在乱世中过上安逸静好的生活。

她是家里的独生女，加上自小体弱多病，父母就将她放在手心里呵护着。据说，她特别不爱吃饭，父亲就买了各式彩绘瓷器，通过给她讲每一件瓷器上彩绘的故事来引起她的食欲。

父亲是一个见多识广的人，因为在铁路上工作的缘故，见识的世面自然多，林林总总的故事知道得也多，总是将故事讲得绘声绘色。

父亲的个性是开明的、幽默的，母亲亦是。后来母亲因无法再孕育子女，便让父亲纳妾。纳来的妾的脾气秉性竟如她的父母一般，人好、心善，于她而言更是幸运了。

生活在这样的家庭里，她长成了一个敢闯敢做、不拘泥于眼前的倔强女子。

她在16岁那年，偶然看到电影学校的招生广告，径自报了名。

她报考的是曾焕堂创办的上海中华电影学校，亦是我国第一家电影学校。

原本，父母期望她能学业有成，见她已做了选择，便也不再过多干涉。

据说，当年报考的人有2000名之多，竞争可以说很白热化了。

对于如何从中突围，胡蝶是好好动了一番小心思的。她生得很美，可是想美出特质，是需要刻意营造的。于是，她别出心裁地梳了一个横S的发型，再戴上一对长长的耳环，流泻轻垂中尽显女性的妩媚。她穿上一条长裙配上一件圆角短袄，又细心地在左衣襟处别了一朵大花。这样的她，复古中带有浓浓的时髦气息，一出场就艳惊四座。

此外，为了让大家一下记住，她还刻意为自己起了个艺名——胡蝶。

轻启朱唇，叫她的名字，总有蝶儿在花丛中翩跹的美妙感在心头萦绕。

自然，她如愿被选中了。

16岁的她，就此成了彼时最顶级的演员培训学校的首届学员。

在这里，她系统地学习影视知识，学习表演、化妆、舞蹈、唱歌等诸多课程。

摄影大王陈嘉震拍摄的胡蝶

之后，她从只有几个镜头的卖糖果的女孩开启银幕首秀，一路努力演到华丽的女一号，直到成为天一公司的当家花旦。

一路走来，有天资助力，亦有自我勤奋。

当其他女星为情所困时，她死磕的是自己的基本功，并且骑马、开车等明星"技能"是一样都没少学。她为了学习普通话，专门到北京拜访梅兰芳，而此时她已能流利驾驭粤语、闽南话、上海话。

对专业领域里的知识技能，她从未放松过，对待工作更是严谨、认真。当有声电影取代默片时，她为了给自己主演的有声电影《歌女红牡丹》配音，每天在录音棚里待六七个小时。

她之所以成为当年影坛无人能及的影后，不是没有原因的。

在迷人眼的上海滩上，她是影后，又是偶像，还是榜样。

她的装扮，成了时尚的风向标，一件旗袍、一副首饰，只要她一上身就会被人复制，她成了最美、最时尚的代言人。

忽然想起，她给自己起的艺名——胡蝶。

冥冥中，仿佛有所暗喻吧，她这只蝴蝶一入银幕翩飞，就在水银灯下绽放出无限光彩。

真好。

那一场，如雪易化的初恋

1925年，胡蝶参演了自己生命中首部电影《战功》，从此开启了水银灯下焕彩的电影生涯。

同年，她就逢遇初恋情人林雪怀。

幸，或不幸，我们无从说起，有些经历，也许是逃不掉的修

胡蝶拍摄电影《啼笑姻缘》时的剧照

行。遇见对的人，是缘分，遇见不对的人，亦是缘分。

　　那一年，她芳龄17，是个爱做梦的年纪。当她面对长相俊朗的林雪怀时，心头如小鹿乱撞般。毕竟，彼时的林雪怀未被世俗浸染，一双明眸里藏的是无尽的朗月清风。

　　林雪怀，亦欢喜她。

　　由此，他们初见后皆生了倾慕彼此的心。

　　不久，他们再次相逢。

　　同年，她和他一起出演《秋扇怨》。

　　他们是这部戏的男女主角，如同一幕戏，他们的再相遇戏剧般美好。从事文艺工作的人，都有这样那样的浪漫情怀。她也是这样，觉得能再次相遇是缘分使然。

　　所以，拍完《秋扇怨》，他们便相恋了。1927年，他们就定下了婚约。

　　可是，那时的她还涉世未深，不知真实生活远远复杂于你侬我

胡蝶拍摄电影《女侦探》时的剧照

侬的爱情。所以，短暂欢愉过后，他们之间就出现了如蚊子血般令人恶心的情感裂痕。

胡蝶因演技和天赋，在影坛崭露头角，片约不断，林雪怀却因演技平平渐渐被人们遗忘。这样的反差，让大男子主义的林雪怀很是不爽。在那个男尊女卑的年代，他怎能允许老婆比自己强，更听不得公共场合里他被人称作"胡蝶的男人"。于是，他变得急于求成。

他选择了弃影从商，胡蝶因为爱他而拿出自己的积蓄，帮他投资了一家百货商店，还用了自己的名号以期获得明星效应。

然而，想和做并不是一回事。他不是做商人的料，头脑和能力均不适合商场，所以，即便有胡蝶大明星的影响力加持，他依然将百货商店经营得一塌糊涂，最后以惨败收场。

他还不罢休，拿着胡蝶辛苦赚来的钱又投资了酒楼。可是他做的均以失败告终。他并不因此痛定思痛，反而堕落了。他竟背着胡蝶日日沉溺于歌舞厅，还与妓女厮混起来。

即便如此，他也并不觉得愧对胡蝶。因为那时他身边皆是这样的男人，比如抛弃张织云的唐季珊，玩弄阮玲玉的张达民。他觉得如何对胡蝶都是理所当然，也从不以挥霍胡蝶的钱财为耻，反而变本加厉。

某一日，他竟琢磨着单方面跟胡蝶解除婚约。

他是算准了爱他的胡蝶一定会来求他的。

突然收到他的毁约消息，胡蝶真是彻夜难眠，并于辗转反侧后写了一封长长的信，试图挽回他。

当他收到胡蝶的信时，以为自己的计谋得逞，于是故意刁难她。

可是，他忘了胡蝶并非阮玲玉或张织云，那么容易就被玩弄于股掌之中。她是精明的人，不纠缠，更不做无谓的纠缠，爱了就爱，不爱就不爱。她明白，若一个男子如此对待自己，必是不值得爱的。

面对林雪怀的无耻刁难，她决定放弃这段不值得的感情。

很快，她同意了林雪怀解除婚约的要求，同时向他讨要所有帮他投资的钱财，包括那辆让他谈生意撑门面的车。她要跟他彻底清算。

机关算尽，算到了自己的头上。林雪怀万万没想到那么爱自己的胡蝶会如此对自己。最后，他反而像个怨妇一般去请求胡蝶的原谅。

有些人值得原谅，有些人却不能被原谅。

他就是那种不能被原谅的人，胡蝶看得很清楚。

在接下来的日子里，她与他只剩那场争斗不休的"蝶雪官司"，再无其他瓜葛。

你一纸休书，我一纸诉状

女子若遇人不淑，及时转身才是最正确的决策。

一如，当时的胡蝶。

当她的情变成了大家茶余饭后的谈资时，林雪怀还在使坏，不停中伤她。

她毫不客气，迎刃而上，不见一丝的胆怯。

林雪怀先委托律师转给她一封信函，并在信中一一列举所谓的"风流韵事"，什么先有邵醉翁，后有张石川。其实，这些都是莫须有的捕风捉影，胡蝶跟他们没有任何纠缠，一切都是他的杜撰。他还洋洋洒洒地写上对她的控诉，说她"行为不检，声名狼藉"，并声明以后要和她"恩断义绝"。

面对可笑如跳梁小丑一般的他，胡蝶再也不想理论什么了，如此口出恶语的人，早已失了人的面目，变得狰狞扭曲了。

于是，她拿起法律武器来捍卫自己的清白。

在父亲的帮助下，她将他告上法庭，并聘请了彼时上海最有名的律师詹纪凤作为自己的辩护律师，多方搜集证据，来证明他信中的荒谬和诽谤，并让他归还所借之款。

其实，她并不会真的揪着他还欠款，她揪着的、在意的，是他莫须有的诽谤，她要他还自己一个清白。她亦深知，让一贫如洗的他来偿还欠款是不可能的事。

她只想为自己讨回一个公道。

此时，林雪怀这边，却是自乱了阵脚。

他本意是借此逼胡蝶对他言听计从，只为他一人散尽钱财，没想到胡蝶竟然处理得如此果决。

1931年底，"蝶雪解约案"结案，胡蝶胜诉，她与林雪怀的七年恋情也彻底结束了。七年恋情，虽有伤痛波折的过往，但也有甜蜜静好的时光。于她而言，收获的是成长。

后来，关于这段感情她写下这样的字句："和林雪怀解除婚约，算是我青年时代生活的一个波折，但解决了一件不如意的事，也使我能更专心致志地从事于电影艺术。"

她就是这样一个果敢、独立的女子。爱时，可以热烈；转身时，亦可果决。

此处，应给她掌声，为她的勇敢和坚毅。

我已亭亭，无忧亦无惧

她和林雪怀七年之久的错爱纠葛，终于结束。

彼时，她23岁，抛去情爱，开始全身心投入演艺事业。

不久，她迎来了事业上最辉煌的时刻。

她出演的《姊妹花》，一经上映即引起巨大轰动，这部片子也成了她演艺生涯的巅峰之作，她因此片被选为中国电影历史上第一位"电影皇后"。

不过，国难当头，良善的她是反感这称谓的。

她迫于无奈，还是参加了那"电影皇后"的加冕典礼。在美酒笙歌中，她用歌声唱出自己的悲愤："你对着这绿酒红灯，可想到东北怨鬼悲鸣……"

她的深明大义，并未将那些奢靡的人点醒，更讽刺的是，她一圈募捐下来，仅募得300余元。

"电影皇后"这一美称，虽跟随她一生，但对她来说却是一个虚名。多年后，她也只说了 句："几十年来，这个像游戏之举的称号一直跟着我，这是观众对我的爱护，我自己却是不敢妄自称大。"

这样的女子，是应当被好好呵护的。

上天眷顾，终于让她遇到了如同"随风潜入夜，润物细无声"的潘有声。

通过堂妹胡珊，他们初次相见。

那时，胡珊家正举办舞会，拥有不俗气质的胡蝶一下就将潘有声吸引住了。只是当时的胡蝶，刚刚从上段情伤中走出来，并不想快速进入一段新的感情。因此，她刻意回避着潘有声的注意。

曾经那段不幸的情感，是伤了她的心，亦伤了身的。

也是堂妹有心，加之潘有声的锲而不舍，他们的情事还是在时光中如细雨丝丝绵延开来。

胖胖的潘有声，成熟稳重又不失儒雅，他虽是商人，却整个人

胡蝶与潘有声

透着踏实和淳厚。

这样的潘有声，在一群追求胡蝶的公子哥中卓然而立。

日子久了，他们的感情更深了。

于胡蝶而言，潘有声确实是良人，他谨慎、真诚、有底蕴，从来都对胡蝶很好。

她开心的时候，他与她一起开心；她难过的时候，他给她肩膀依靠；她忙碌的时候，他在一旁默默等待。他从来不勉强她做意愿之外的事情，只要她喜欢便好。

胡蝶从他身上得到了从未有过的安全感，于是，在相恋四年后，胡蝶决定嫁给他。

这一年，她27岁。

因为有他在侧，对爱，她已亭亭，不忧亦不惧。

如人饮水，你不是我，怎知冷暖

1937年卢沟桥事变后，她和潘有声一起移居香港。

他们想着，就此可以远离纷争，谁知，1941年，香港沦陷。

胡蝶是一代影后，日军很快就盯上了她。他们邀请她拍摄《胡蝶游东京》的纪录片。胡蝶素来爱国，自然不愿接受邀请。然而，日本人怎是好直接拒绝的，急中生智的她谎称怀孕，才暂时逃过一劫。

可是，这并非长久之计。

为了不卷入政治是非，她当机立断，带着一家老小连夜出逃，从粤桂一路辗转，终于抵达重庆。

然而，在逃亡的路上，她的几十箱行李丢失了，那可是她打拼十几年积攒下的，亦是他们全部的身家。

噩耗传来，急火攻心，她大病了一场，初愈后开始托人四处寻找。

厄运突至。

一个人出现了，他信誓旦旦地向焦急万分的她保证，一定将她的全部身家如数找回。

这个人，就是特务头子戴笠。

戴笠彼时以心狠手辣而臭名昭著，但在胡蝶面前他却是个骨灰级"粉丝"。

对胡蝶，他是仰慕已久，"高山仰止，景行行止，虽不能至，然心乡往之"地爱慕着。早年他初到上海时，连吃饭都成问题，却要匀出钱来买票去看胡蝶的电影。

听说女神在寻行李时，如苍天相助，他兴奋不已。

彼时，胡蝶正住在同学林芷茗的家中，林芷茗的老公正是跟他过往甚密的杨虎。为了见到梦寐以求的胡蝶，他授意林芷茗夫妇刻

胡蝶（左五）与友人合影

意安排了一场盛大的舞会。

华灯初上，音乐起时，他终于见到了自己的女神，可是，女神对他却十分冷淡，只跟他跳了支舞就离开了。

这样的情形于他是意料之中。他并不气馁，反而越挫越勇。

这个飞扬跋扈的特务头子，对胡蝶是真的用情至深，他收敛戾气，殷勤待她。她的珠宝，他只追回了一小部分，于是便派人按照胡蝶列举的清单一一买了回来。

当胡蝶打开宝箱，看见那些还带着标签的珠宝时，瞬间明了他的别有用心。

可是，乱世之中，一家老小寄人篱下，她怎能掷地有声地去拒绝？默认吧，风云里摸爬滚打最能练就的是八面玲珑，于是，她对着戴笠微微低首，轻声说："是的。"

这一句"是的"，是接受。

于是，戴笠便像个初恋的人，忙不迭地欲将她纳入家中。

他施展了一早定下的恶毒计谋，派人设计将胡蝶的丈夫潘有声抓进了监牢。听闻有声入狱，胡蝶知晓有诈，但为了救出深爱的丈夫，她不得不深夜亲自造访戴笠公馆。

因为胡蝶倔强、玲珑，不似别的女子，不能操之过急，所以，他当晚放走了胡蝶，随后也把潘有声放了。

然而，胡蝶却在此时病倒了，莫名给了戴笠可乘之机。

他趁机将生病的胡蝶强行接走，美其名曰让胡蝶好好养病，其实是一种明目张胆的软禁。

胡蝶，又能如何？

他有钱有权有势，即使反抗也是徒劳。

潘有声虽觉察出他的恶意，但是，鸡蛋不能与石头硬碰的道理，他亦深知。所以，他只能暂时忍了，坚定地等待胡蝶的归来。

不久，想独霸胡蝶的戴笠，再次派人设计把他支到遥远的云南。

他自然知道这是怎么回事，所以临行前，他对胡蝶一再叮嘱，要她一定忍耐，只要好好活着，一切都会过去，他会永远等她。

戴笠，倒也真的待她好。

在和她相处的日子里，他始终以一颗痴迷的心对待她。她想吃南方的水果，他立马派飞机从印度空运来；她说拖鞋不舒服，他立马打电话让人送来各式各样的拖鞋任她挑选；她随口说窗户小光线暗，他便急忙命人在公馆的前方，专门为她再建一幢花园洋房；另外，为了给她更好的居所，他更是选了地名吉利、环境优美的神仙洞为她另修宅子，为了省却她的爬坡之苦，他亲自测地形、修车道，所经之处人畜撤离，房屋拆迁；他还亲自栽种上她喜欢的各种奇花异草。

甚而，他遣散了所有相好的女子，只留她一人在身边。

与莫斯科卡美尼剧院院长泰伊罗夫合影

对此，胡蝶淡然接受，依然不谈及爱。

她不反抗，任由他操控，并非移情别恋，而是她深知乱世中自己力量的单薄；她太清楚，在人的生命中，除了爱情，还有生活，更何况她已36岁，并非最好的年华。

一切，都是不得已罢了。

对于这段耻辱，她一直很少言说，在回忆录里也不过寥寥几句：

"现在我已年近八十，心如止水，以我的年龄也算得高寿了，但仍感到人的一生其实是很短暂的。对于个人生活琐事，虽有讹传，也不必过于计较，紧要的是在民族大义的问题上不要含糊就可以了。"

她的回应，是聪明的。

每个人的人生都是自己的，冷暖自知。

尾语

上苍素有成人之美，1946年，就在戴笠筹备和胡蝶结婚之际，他乘坐的专机失事。

至此，胡蝶悲苦的幽禁生活结束了。

她第一时间回到了潘有声的身边，随即，他们携一双儿女迁居香港。

到香港后，他们创办了兴华洋行，以经营"蝴蝶牌"系列热水瓶为主。她也重新登上舞台，年过四十，她开始演中老年角色，即便如此，她依然认真对待每一个角色，创造了又一段辉煌。

她跟名导演李翰祥合作的《后门》，让她成为第七届亚洲电影节最佳女主角。

彼时，她已年过五十。

生活，尽见静好。

只是，她跟潘有声苦尽甘来，却情深缘浅。他们在香港仅朝夕相处了六个年头，潘有声就病逝了。

潘有声的离去，成了她心底最深的伤。

可生活，亦要继续。

十年后，在儿女亲友的鼓励下，她再登银幕，加盟邵氏公司。

后来，她随儿子移居温哥华，并改姓潘，名宝娟。潘，是丈夫的姓氏，宝娟是带着父亲满满爱意的乳名，于她皆是最珍贵的。

1989年4月23日，她与世长辞，时年81岁。

"胡蝶要飞走了。"

是她留下的最后一句话。

她创造了上海的一个奇迹，作为曾经炙手可热的红星，她能在流言蜚语里游刃有余，片叶不沾身。无论遭遇了什么，她总能从容、淡定，行到水穷处，坐看云起时。在一系列荒诞的人生戏剧之后，她孀居国外，只为过好平淡、与世无争的余生。

人的一生其实是很短暂的，再绚烂、再凌厉都不过是匆匆瞬间。

拨开历史尘烟，她始终是那个盈盈微笑、浅露酒窝的自强的绝世女子。

王映霞

做自己，才最重要

1908 年 — 2000 年

———————————————————————————

她似一朵夏日晨光中盛开的荷花，
美在那时摇曳生姿的光影里。
当年，她被誉为"杭州第一美人"，
也是那"如花美眷"的俏佳人。
前半生她遇到了心仪的人，却爱错了人。
幸而，后半生得以与一人平凡终老。
岁月磨砺，时光浸染，
爱恨里纠缠，她始终知进退，睿智、内省。

月明风暖，遇见爱情

上海是一座包容的城，于是，在喧闹的市中心有了尚贤坊那样一条弄堂，理直气壮地坦露着自己的过往：年久失修的楼房，腐烂霉变的墙壁，幽暗细窄的楼梯，以及摇摇欲坠生了油腻的黄灯……

20世纪40年代，在这条弄堂里，曾上演过一段惊动世人的风月情事。

主角是响当当的人物，一个是那"生怕情多累美人"的江南才子郁达夫；一个是那"红袖添香夜读书"的杭州第一美人王映霞。

那时，映霞为避难跟随孙百刚夫妇从温州来到上海，并一起租住在尚贤坊四十号内。孙百刚是王家的世交，对映霞照顾有加，他也是好交友的人，其府上经常高朋满座。

那日，旅居上海的郁达夫洗了个澡，换上远在北平的妻子孙荃刚刚寄给他的皮袍子，就兴致高昂地赶往位于法租界的尚贤坊，来拜访孙百刚。之前，他曾于上海内山书店遇见这位昔日留日的同窗，想到自日本一别数年后，再次相聚，重逢的喜悦冲散了他几日来的阴郁情绪。

郁达夫万万没想到，这次拜访带给自己的是这样大的惊喜：初见王映霞，就迎来了一双"明眸如水，一泓秋波"的眸子，她惊鸿一瞥之下，即乱了七尺男儿的心。

映霞实在是惹人喜欢的，穿一身织锦旗袍，身姿窈窕，曲线玲珑，面庞明艳，一见就让人动了心。这使得他，隆冬时节竟额头上冒出了汗珠，一脸昭然若揭的窘迫。

生于山水旖旎的西子湖畔的映霞，的确是明艳照人、秀外慧中的，肌肤雪艳，双眸若翦翦秋水，脸庞如粉妆玉琢，一身潋滟风情，尽得西湖山水绮丽灵秀之气。这样的美女，应是谁都抵抗不了的。更何况，郁达夫本就是多情人儿。

郁达夫一见了她即忘了此行的初衷，一颗心只为伊人牵绊着。

是夜，他在日记里如实写道："……我的心又被她搅乱了，此事当竭力的进行，求得和她做一个永久的朋友。……南风大，天气却温和，月明风暖，我真想煞了王君。"

爱情，是一种遇见。

郁达夫遇见了自己的爱情，映霞是否也如他一般感受到爱情散发的芬芳呢？

她初见他，亦是起了爱之涟漪的。那时，她已读过他早期的代表作《沉沦》，仰慕他的才华。不过，她是谨言慎行的女子，亦是洁身自好的女子，知晓他是位家有贤妻、身为人父的而立青年。而她也有婚约在身，是个正当妙龄的待嫁姑娘。

年轻时的王映霞

由此，她不动声色，只任心海波澜荡漾。

逃难之前，她毕业于浙江省立女子师范学院，本是按着省府教育厅的分配，在浙南温州任职第十中学附属幼儿园的新女性。只可惜，一场战事的临近迫使她不得不同孙百刚夫妇一起逃离温州。

在一片兵荒马乱、鼙鼓频催中，她念着能有一个护她、爱她于乱世的人。

有才华的郁达夫，是能入她眼的男子。因为他既不是一个满腹经纶却无隔宿之粮的士人，又不是纨绔子弟或脑满肠肥的阔佬。

看似，是可托付终身的良人。

因而，她端着一颗女儿娇羞的心，慢慢靠近了他。

彼时，郁达夫32岁。映霞，20岁。

为了他绵密如糖的心，嫁了

映霞原想着要放弃这段爱情的。

因为她知道郁达夫心里，仍是放不下他的结发之妻。她是受过新式教育的新女性，不能接受妾的身份。于是，她决定在爱火还未燃烧至焚心的当儿将之熄灭了事。

只是在感情里，想是一回事，做又是另一回事。即便狠下心来，做决定时亦免不了犹豫。

当时的映霞，就是这样的。

因此，她开始陷入一种难解脱的苦闷。对这段爱情，不免有些懊恼起来。

孙百刚亦曾劝她回避郁达夫，以让他及早死心。不过，映霞却是不忍心的，说道："倘若断然拒绝他，结果非但不能解除他的烦恼，也许会招来意外。"

爱真不是说断就能断，说了就能了的，不然，世间就不会有那么多的爱恨纠缠了。

时日一久，爱意渐深浓，决断更是成了难事。

映霞知道，若不冷静下来好好想想接下来如何继续，真的会无以为继。于是，她决定先返回杭州，以便冷静地思量一番这段感情。

很快，家庭的温暖，使得映霞暂时忘了上海的爱情烦恼。

这可苦煞了郁达夫。在见不到映霞的日子，郁达夫如那断线的风筝，终日飘飘荡荡，一无所依。很快他就病了，夜间咳嗽得厉害时，他便起身给映霞写信：

> 第一，我们的年龄相差太远，相互的情感是当然不能发生的。第二，我自己的丰采不扬——这是我平生最大的恨事——不能引起你内部的燃烧。第三，我的羽翼不丰，没有千万的家财，没有盖世的声誉，所以不能使你五体投地的受我的催眠暗示。

信末并说：

> 这一回的事情，完全是我不好，完全是我一个人自不量力的瞎闯的结果。我这一封信，可以证明你的洁白，证明你的高尚，你不过是一个被难者，一个被疯犬咬了的人。你对我本来并没有什么好恶之感，并没有什么男女的私情的。万一你要证明你的清白，证明你的高尚，有将这一封信发表的必要的时候，我也没有什么反对的抗议。

王映霞与郁达夫

郁达夫，真是个不折不扣的欲擒故纵的爱情高手啊。

映霞看着他这来信，往事历历在目，那一颗爱他的心，兀自燃烧。

她开始动摇了。

接着，爱情高手的郁达夫又去信道："你情愿做一个家庭的奴隶吗？你还是情愿做一个自由的女王？你的生活，尽可以独立，你的自由，决不应该就这样的轻轻抛去。"

为了爱情，为了映霞，他更亲赴富阳。趁着苍茫的暮色，来到位于金刚寺巷七号的王家，当时他是惴惴不安的，惟恐遭到冷遇的。

总算功夫不负有心人，他这一切的努力，终于冲破了家庭、社会的种种阻碍。

映霞，终于答应了他的求婚。

只是，郁达夫的发妻孙荃仍是映霞心底最深的痛。映霞真的无法无视和逾越她。婚期因此一拖再拖，她亦为此哭哭啼啼，甚而开始怀疑自己的决定是不是值得。爱情高手郁达夫，见此便使出了撒手锏，他将自己与映霞恋爱期间，巨细不遗、点点滴滴记载下来的日记编成《日记九种》，于1927年9月由北新书局出版发行。内容新奇大胆，轰动一时，简直是向天下宣示："王映霞这个女人是郁达夫的了。"

1928年1月，郁达夫终抱得美人归，在上海南京路东亚酒楼他们正式宣布结婚。同年2月，西子湖畔大旅社内举行的一场轰动杭州城的婚礼为他们展现在世人眼前。

时任《国民日报》主笔的易君左，赠诗赞美他们为"富春江上神仙侣"。

现实之染，不过是俗世男女

我爱的碧华，曾写过："世上之所以有矢志不渝的爱情，忠肝义胆的气概，皆因为时相当短暂，方支撑得了。久病床前无孝子，旷日持久不容易，一切物事之美好在于'没时间变坏'。"

她言简意赅地将婚姻与爱情的好与坏，写得真切明了。

看婚后的王映霞和郁达夫，更觉碧华说得一针见血。

映霞本该是那让人百般欣赏着，亦是要日日细心侍候、来不得半点疏忽懈怠的美人，而郁达夫虽对她极为疼爱呵护，却未必真懂她的心思。

他们这一对爱意深浓的人，在朝朝暮暮里亦落入貌合神离的窠臼了。

映霞开始有了抱怨，看到别的人在文章中称赞自己的妻子、爱人，心里就有了很大的落差，抱怨就在心里滋生。抱怨一结婚后郁达夫就变了隐身术，无声无息的，仿佛这世界已经没有了他这个人一样。

在现实生活里，她不满郁达夫将爱情视作阶段性产物，此一时、彼一时的飘忽心态，这让她产生了一种挥之不去的幻灭感。

周国平曾说过："爱一个人，就是心疼一个人。爱得深了，潜在的父性或母性必然会参加进来。只是迷恋，并不心疼，这样的爱还只停留在感官上，没有深入到心窝里，往往不能持久。"

想郁达夫之所以爱映霞，不过是爱上了映霞那"丰肥的体质和澄美的瞳神"，在经年的朝夕相处下，这样的爱又如何能长久呢？

不过，还是有过令人艳羡的幸福的。

那时，他们刚刚新婚，租住在赫德路嘉禾里的一栋旧式洋楼里，过起了隐居般蜜意浓情的生活。

每日里，郁达夫著书、翻译，扛起生计大旗；王映霞，则在柴米油盐里忙得不亦乐乎。

只可惜，好景不长，郁达夫就上演了一出出醉酒、离家、发文责难等戏码，件件桩桩皆让她对这场婚姻心灰意冷。

因此他们之间渐生嫌隙。

而后，他和原配孙荃之间的藕断丝连，直接将他们的关系降至冰点。

于新女性映霞而言，最初，她就十分介意名分。

一开始，她就希望在郁达夫与孙荃离婚后再嫁，然而郁达夫的踌躇与拖延，使得这一愿想成空。

不践行对她许过的关于名分的承诺也就罢了，他反而与原配藕断丝连，这端的无法让她承受。

说来，孙荃在他心底始终是存有一席之地的。

在认识映霞之前，他亦曾经对她有着各种深情。

曾经，他亦在自己的日记里写下这样的话："心里只在想法子，如何报答我的女人，我可爱又可怜的女奴隶。"更曾在5岁儿子离世时，面对痛不欲生的孙荃，泪眼相向。一首"生死中年两不堪，生非容易死非甘；剧怜病骨如秋鹤，犹吐青丝学晚蚕"，更将两人紧密联系在了一起。

所以，于他内心，从来没有真正要休了她。

和映霞结婚后，激情不再时，他竟然忆起孙荃"与君永相望"的种种痴情来。

于是有了1931年的"富春江小住"。

彼时，回到故乡的他，公然和孙荃过起了温馨的小日子。那时，王映霞正身怀六甲，这大大刺痛了映霞的心。

关于此，后来她于《答辩书简》中如是痛恨地说道：

"……兽心易变，在婚后的第三年，当我怀着第三个孩子，已有九足月的时候，这位自私、自大的男人，竟会在深夜中窃取了我那仅有的银行中的五百元存折，偷跑到他已经分居了多年的他的女人身边，去同住了几日……等他住够了，玩够了，钱也花完了，于是写成了一篇《钓台的春昼》，一首'曾因酒醉鞭名马，生怕情多累美人'的七律之后……才得意扬扬地又逃回当时我曾经牺牲一切的安乐，而在苦苦地生活着的上海贫民窟里来。"

非但名分没有得到，还被如此恶意地"出轨"。

于映霞而言，真真"是可忍孰不可忍"。

她，是真的寒心了。

后来，郁达夫诚心道歉赎罪，但是王映霞的伤心，是无法弥补了。

她对这段爱情心生绝望。

也许世间爱情，在森然现实里多经不起风吹雨打吧，就如内省的碧华所说的：

"大概一千万人之中，才有一双梁祝，才可以化蝶。其他的只化为蛾、蟑螂、蚊蚋、苍蝇、金龟子……就是化不成蝶，并无想象中之美丽。"

是如此的吧！

转身，爱已是天涯

当婚姻陷入蛾、蟑螂、蚊蚋、苍蝇、金龟子的窠臼时，王映霞的寂寞就如蚁一般，开始蚕食她漫长的时光。

如何，才能蹚过这寂寞呢？

她选择经营她的社交圈。

于是，她开始款待宾朋，于夜夜笙歌里度日。

彼时，他们已经入住"风雨茅庐"。

"风雨茅庐"，是郁达夫拿出全部积蓄建造的。

他本要在此栖息，于清风霁月下安然终老的。可是，"茅庐"建好，只见女主人盛装出席、夜夜笙歌，不见他们二人的花前月下。

去往"茅庐"的人，多是达官名流，他们轻车熟路地来此饮酒品茗，在欢声笑语里消磨掉一个又一个的下午或黄昏。

这座幽雅宅院，俨然成了一个高级俱乐部。

关于这段生活，王映霞曾如是回忆说："从此，我们这个自以为还算安静的居处，不安又不静起来。比如，今天到了一个京剧名角，捧场有我们的份；明日为某人接风或饯行，也有给我们的请帖……我这个寒士之妻，为了应酬，也不得不旗袍革履，和先生太太们来往了起来，由疏而亲，由亲而密了。所谓'座上客常满，杯中酒不空'，正是我们那一时期热闹的场面。"

不久，关于"风雨茅庐"的各种传闻日盛。

彼时，远在福建任职的郁达夫听闻此情，万万没想到自己花费半生积蓄辛苦营造的"风雨茅庐"，竟将成为自己婚姻的坟墓。于是，速速写信催促映霞与他到福建同住。

映霞是去了，但是仅仅住了三个月，便以水土不服为由回了杭州。

这之后，才是他们婚姻的劫难。

回到杭州不久，因时局混乱，映霞携家人避难于浙西的丽水。在这里，映霞与时任浙江教育厅厅长的许绍棣狭路相逢。许为郁达夫的留日同学，曾过往密切，时其妻已逝，带着三个孩子，因两家孩子常在一起玩耍，与映霞关系愈发亲近。

随之，关于他们之间的种种，亦众说纷纭。

自然，这些又传到郁达夫的耳中，于是，他亲到丽水将映霞及儿女一起接到武昌。然而，一次争吵又让映霞离家出走。

由此，引发了一场婚姻之中的"地震"。

始终找不到映霞的郁达夫，日日在家借酒浇愁。在一番翻找之下，竟发现了许绍棣写给映霞的三封来信。读后，便认定映霞仿着卓文君与她的"司马相如"私奔了。加之他冲动的性格，便不问原由地在《大公报》上刊登"寻人启事"曰：

"王映霞女士鉴：乱世男女离合，本属寻常，汝与某君之关系，及携去之细软衣饰金银款项契据等，都不成问题，唯汝母及小孩等想念甚殷，乞告以住址。郁达夫谨启。"

难怪他会这样写，在这之前，因为许绍棣对映霞的百般殷勤，关于他们的暧昧传闻早已弄得满城风雨，所以寻不见映霞的郁达夫才这般笃定地认为。

　　其实不然。

　　王映霞当时只是去了她的朋友曹秉哲的家里。

　　翌日，当她看到那则"寻人启事"时，不禁勃然大怒。她发誓，若要她回去，郁达夫必须在《大公报》上刊登道歉启事。事后郁达夫自知理亏，不得不在报上刊登"道歉启事"："达夫前以神经失常，语言不合，致逼走妻映霞女士，并登报招寻启事中，诬指与某君关系，及携去细软等事。事后寻思，复经朋友解说，始知全出于误会。兹特登报声明，并深致歉意。"

　　只是，他们的关系如同破碎的镜子，终难重圆。

　　戏剧大师曹禺说过，"长相知，才能不相疑；不相疑，才能长相知"。爱情里若是生了疑，便就没了"长相知"可寻。

　　在后来的日子里，他们之间的隔阂裂痕更是到了无法调和的地步。终于，映霞因不堪夫妻关系恶化，一度只身远赴印尼廖内岛的

王映霞与郁达夫

一所学校担任教员。后来，因不习惯岛上的艰苦生活，于一学期后又折返到了新加坡。

碎了的爱情，却是无法回到最初。

再后来，郁达夫做了一件事，终于把他们的婚姻推向了破碎边缘。

1939年，时任《星洲日报》副刊编辑的郁达夫，在香港《大风》旬刊上发表了著名的《毁家诗纪》，包括有详细注释的19首诗和一首词。文字功底了得的他，再次向公众披露了他和王映霞之间的恩怨情仇，以及王映霞红杏出墙的种种罪证。

是爱之深，还是恨之切，还是其他，我们不得而知，他作为一代才子为何总是喜欢将他俩的爱情是非搬到台面上，让世人观之呢？

一时又是闹得满城风雨。

这一次，王映霞坚定了自己离开的决心。

被毁得无以苟活，那么就离开吧！

1940年3月，他们在新加坡协议离了婚。

十二年漫长的岁月，恩爱不多，甜蜜亦不多，多的是狗血的怨恨、报复、指责。

真是应了那句：相爱容易，相处太难。

生活，是自己的

一切，都归咎于"缘尽"吧。

她毕竟是活得自我的女子，即使在爱情里，她也是不能失去自我的，是倾尽所有也要做自己的。这样的她，未尝不好。若非如此，她怎会在离婚之后，还能过上一种令人艳羡、安好的生活呢？

人都说红颜多薄命，可聪明的她却是知进退的，始终知道自己在什么时候要什么，过什么样的生活。

因此，她的人生才得以如此圆满。

且说离婚后，映霞到了重庆。她开始努力生活，努力工作。因着军统头子戴笠，她获得了一份外交部文书科员的好工作。她知道，这是她的好机会。于是，在上班第一天，她刻意打扮了一番，穿上一身花色旗袍，衬得身材凹凸有致，足蹬三寸高跟皮鞋，加上她那"荸荠白"的皮肤，确实一出场就艳光四射。

她款摆腰肢走进办公室时，举座皆惊。

她清楚地知道，红颜易老，青春不再，她必须好好把握自己风韵犹存的年华，并且尽快摆脱"郁达夫弃妇"的阴影。所以，她努力重塑着自己的淑女形象。

她亦谨言慎行，往日故交有在重庆的，她都刻意减少往来。

不久，经过精心准备，她重新在社交界抛头露面。商会前会长王晓籁成了她的干爹。她凭着她的家世、学识、美艳、机敏，加上岁月磨炼、爱情波折、饱经世故后的人情练达，还有人见人怕的戴笠撑腰，日子过得顺风顺水。

1942年4月，由曾代理民国国务总理兼外长、后任南京国民政府外交部长的王正廷做媒，王映霞在重庆再度披上嫁衣。

这一次的婚礼更是惊动四方，冠盖云集，贺客如云，极有排场。

大宴宾客三日，王莹、胡蝶、金山，这些当时的大明星也都前来祝贺。

新郎钟贤道，亦是响当当的人物。他是江苏常州人，毕业于北京中国大学，任职于重庆华中航业局，是王正廷的得意门生。为此，著名作家施蛰存还专门为此赋诗一首："朱唇憔悴玉容曜，说到平生泪迹濡。早岁延明真快婿，于今方朔是狂夫。谤书欲玷荆和璧，归妹难为和浦珠。蹀蹀御沟歌决绝，山中无意采蘼芜。"

万幸，这一次她寻得真正的良人。

钟贤道视她如心肝宝贝，始终对她呵护有加。

他先以一场盛况空前的婚礼，来洗刷她上一段婚姻里的伤痛和羞辱；后以相伴的余生，悉心将她珍视，给她温饱，亦给她温暖，还给她难得的爱情。他一句"我懂得怎样将你失落的年华找回来。请你相信我"的盟誓，足以慰藉她余生漫长的光阴。

在后来的岁月里，他们共同经历了许多磨难，他始终在她身侧，不离不弃、悉心照料。后来她亦说过："贤道是个厚道的正派人。""我和他共同生活了三十八年，是他给了我许多温暖、安慰、帮助的三十八年。"

三十八年，他们过着朴实无华的日子，却幸福得不成样子。

作为女子，若能如此，也是此生足矣，再无他求。

尾语

相伴三十八年后，他病了。

她竭力照顾，毫无怨言。

后来他去世了，她并没有黯然神伤，而是去了上海文史馆工作。之后，她独居上海，把生活打理得井井有条。

她是懂得生活的女子，知道如何有滋有味地活着。

她这样的女子自是可爱的。

当爱情繁花落尽，幸福归路无踪时，她会决绝地离开，再去寻觅可以映照自己安好生活的爱之光华，而不会执着地将自己那颗芳心交付于一人。

正因此，她才幸免于一场比恋爱分手更难堪的婚姻闹剧，而获得了一种生之岁月里的圆满。

一如她在自传里写的："如果没有前一个他（郁达夫），也许没有人知道我的名字，没有人会对我的生活感兴趣……如果没有后一个他（钟贤道），相互体贴，共同生活四十年，我的后半生也许仍过着漂泊不定的生涯……已随着历史长河的流逝，淌平了我心头的爱和恨，留下的只是深深的怀念。"

如是，真好！

阮玲玉

她，比烟花寂寞

1910 年 — 1935 年

蝴蝶儿飞去心亦不在，
凄清长夜谁来拭泪满腮；
是贪点儿依赖贪一点儿爱，
旧缘该了难了换满心哀。
怎受得住这头猜那边怪？
人言汇成愁海辛酸难挨。
天给的苦给的灾都不怪，
千不该万不该芳华怕孤单；
林花儿谢了连心也埋，
他日春燕归来身何在？
——《葬心》

父亲，是她最初的温情

1910年4月26日，阮玲玉出生于上海一户贫苦的人家。

她的父母，是典型的平头老百姓。父亲叫阮用荣，母亲叫何阿英，在他们结婚的第四个年头，母亲生下了她。

那时，他们夫妇最想要个儿子，因为儿子可以使家庭的劳力增加，生活会有所改变。当他们看到怀中漂亮的她时，心中真是喜忧参半。

粉雕玉琢的她，瞬时让父母的心融化。

父亲为她起名凤根，并不是重男轻女的心思作怪，而是她那双漂亮的弯弯的丹凤眼的缘故。他视她为掌上明珠。

父亲常常会忍不住捧起她的小脸，用广东香山（今广东中山）的家乡话，夸赞她的一双眼睛好靓。

岁月流逝，父亲之外任谁夸赞她美丽的眼睛，都不会让她高兴。

年近四十的父亲，是亚细亚油栈的一个工人。

他工作虽辛苦，但因为好心的老板让他们这些住得远的工人住进公司宿舍，而免了不少路途上的奔波劳累。这份工作，那时的父亲而言是快乐的、略轻松的。他常常一下班，就把她驮在肩上，带她到处串门，向工友们炫耀自己女儿生得漂亮可人。

那段日子，对于阮玲玉来说也是至为温暖的。

她会每天坐在自家门前，静静等着父亲下班归来。光影穿梭不息，等待里满是幸福。

只是好景不长，油栈老板要收回工人宿舍，说是要改成高尔夫球场，并强令他们搬走。其实，居住环境如何，倒并不是他们在意的，最在意的还是距离。以当时他们的条件，只能搬回旧屋，父亲上班的距离就会很远，并且一路劳顿，需要摸黑出门赶到黄浦江码

头，再摆渡过江，晚上再摸黑回来。本来，他的身体已经因为工作
强度而透支，加上这样的路途劳累，很快出现了问题。

他常常会咳嗽，并且脸色越来越苍白。

他虽似过往一样对她呵护宠爱，然而，他身体的变化，还是令
小小的她察觉到了。每天她等在那里，都会生出深深的不安。

不幸，终究发生了。

一天深夜，积劳成疾的父亲不小心摔倒在一汪积水里，不幸去
世。据说，那天他摔下去时还用手紧紧握着给她的礼物，纸包已经
被水浸湿，里面的东西还是完好的。

那是一副漂亮的耳环。

父亲永远离开了她。

这之后，世间最爱她的男人再没办法给她一丝温情了。

这之后，她的生活因为没有父亲的宠爱、保护，便日渐步入了
孤寂。

那一年她还小，仅仅5岁。

在懵懂无邪的年纪，她就这样由命运强加着，被迫接受了别
离和伤痛。

只是，孽缘生

上海乍浦路的张家大宅院，如一个悠长的梦境，出现在她的生
命里。

这个深宅大院，是张达民生长的地方，也是她噩梦人生的
开端。

在父亲不幸去世后，母亲不得不担起养家的重担。为了生活，

母亲带着她来到张家帮佣。为了维持生计的母亲没想到，这会为玲玉的生活埋下深重的孽根。

她们母女在张家这座大院，虽无具体年限考证，想来应是待了不少年头的。

因为，阮母曾央求张达民的父亲以半价学费，让女儿进到他作为校董的上海崇德女校念书。

后来阮玲玉真的进入女校上学，并拥有了阮玉英这个学名。

初遇张达民，是她去探望在张家前院的母亲时。

那时，富人家都会设置后院来给用人们住。所以，多数的时间她是待在后院的。那次他们的相遇，只是匆匆的一面，因为年纪小彼此都没有什么印象。

再相遇时，她16岁了，如出水芙蓉，透出迷人的气质。

彼时，张达民22岁，身穿一袭长及脚面的袍子，再戴一副眼镜，很儒雅的样子。作为张家的小儿子，他正仗着家人的宠爱，肆意挥霍着青春，当如花的阮玲玉出现在面前时，他仿佛着了魔。

他开始想尽各种办法，接近并取悦她。

穿旗袍的阮玲玉

他会出现在她放学的路上，或者学校的活动中，始终笑盈盈的，寻不出一丝富家公子哥的劣迹。

于是，她这个用人家的女儿，面对他时有了卑微，也有了仰仗。

她懵懵懂懂地动了情，觉得跟他相恋未必不好。于是，便任由他带着去跳舞、去公园……

爱情来时，世界由此生动起来。

只是，她小小年纪怎会识人。他只是为了得到她，刻意伪装出一份温柔儒雅。实际上，他跟大多数的纨绔子弟一样不学无术，只会游手好闲、吃喝玩乐。

当他们的恋情被张家夫人知道后，这青春故事就跌入谷底了。

张家夫人这种旧式女子，怎能容忍自己的宝贝儿子爱上下人的女儿。于是，她态度恶劣、粗暴地将玲玉和母亲扫地出门。

她们母女当晚只能流落街头。

这时张达民表示出义气干云的样子，他随即将她们母女安置在北四川路鸿庆坊的一个院子里。

也真是讽刺呀，这个院落曾经是他父亲安置情人的地方。

于张达民，她始终不会是自己明媒正娶的妻。他只是对她感兴趣，想得到她的人罢了。

最初，他们的相处还是充满浓情蜜意的。

有美人在侧，于张达民而言自是乐于消受的。因此，他起初像绅士一样，体贴照顾着她们母女。

然而，时日久了，他就生了厌。

家花不如野花香，他开始不回家了，给她的日用也变少了。当她问为何不回家时，起初他还敷衍说想办法筹钱去了，后来，就懒得敷衍，竟责骂起她来，说正因为她才害得自己生活负担重，使得他父母有钱也不给他花了……

爱情在现实中变了模样。

幸而，这时张达民的哥哥张慧冲鼓励她去参加《挂名的夫妻》的海选。她本就一直向往银幕生活，就去应试了，没想到幸运降临，清新脱俗的她赢得了导演的青睐，顺利入选。

演出很成功，可以说是一炮而红。

只是，走红并没能帮她摆脱生活的困境。她在银幕上演绎各色人生，挣来的银两都被张达民拿走挥霍了。

彼时，他早已不是她16岁时认识的温良之人，而是恶魔一般的存在。

他对她不是拳打脚踢，就是恶语相向。

不仅如此，他还如同嗜血的鬼，一再压榨她。他赌博而手气烂，赌债越来越多，而他无一丝自省，反而逼迫她替自己偿还赌债。起初，她顾及面子和事业，不断替他还债，不想却助长了他的贪欲。

眼见他的需求成了无底洞，她提出了分手。

分手，于张达民来说才无所谓呢！她的人他早就得到了，现在，他要得到她的财产。为了达到目的，他使尽浑身无赖招数，无休止地纠缠她、侮辱她、诽谤她，甚至用他们曾经的性爱往事来威胁她。

她真的被逼得走投无路了，只能答应了他的无赖条件：每月给他固定的贴补，为期两年。

她以为这样的结果是好的，可以摆脱他了。

只是，她太天真。

后来，她和他的这份孽缘始终如同鬼魅如影随形。

张达民，就像一贴狗皮膏药始终贴住她。

这人，恶起来真是变态。似乎他就要让她一败涂地，让她没有好日子可过，让她的人生始终笼罩在一片灰暗之中，不见光明。

或许最初，张达民是爱她的。

可那如幻梦的爱情里，藏着张达民太多的私心。他只是对她抱有好奇，好奇之后是无耻的占有；他从未想过要给她一个婚礼、一个家。在得手后，他便原形毕露，用自身的那种恶将她缠绕，直至让她坠入万劫不复的地狱。

我想，16岁时的她，绝没有想到他会是自己的劫。

当她吞毒而去，看俗世凡尘最后一眼时，那凝重和怨恨的眼神里流露的，或许只是对这个男人锥心的怨与恨。

不过，人世两分，孽缘也随风飘散。

只是，贪恋一点依赖和爱

情逝如水，往事难追，有时轮回中情深缘浅亦是天上人间逃不过的结局。

一如，她一直渴念着与张达民岁月静好，但只是她一个人用情至深是不够的，到头来，还是落得"残月落花烟重"。

然而，她并不能从中获得规避错爱的教训，她嗜爱，因为太缺少爱了，所以嗜爱如命。

以至于，她接下来遇到了更悲剧的爱情。

真可谓，刚出狼窝又入虎穴。

在联华举办的一场聚会上，她经由林楚楚的介绍认识了唐季珊。彼时，唐季珊是联华的股东之一。作为商贾巨富，他不仅是商场高手，更是情场高手。在阮玲玉之前，他曾将红极一时的影后张织云追到手，可见其手段一流。

她妩媚如花、温润如玉的气质，一下就吸引住了唐季珊。

　　于是，他使出惯有的手段，来博取她的芳心。若说风度翩翩，他自是比张达民胜出几倍，金钱地位权势他都有，加之温柔多情，朋友们也都说他比张达民靠谱多了。

　　于是，她便动了那颗女儿家的芳心。

　　有钱的他，很快送了她一套别墅。这样的举动如春雨潜入她的心坎，也满足了她多年来对家的一份渴望。

　　拥有一个属于自己的家，是她自父亲逝去后多年来的梦想。

　　于是，她仿入梦境，沉浸在满满的被爱的幸福之中，与他同居了。

　　梦魇般的厄运，也就此拉开了序幕。

　　他本就是流连花丛的一枚浪荡子，在她之前，他早就劣迹斑斑，得到即抛弃的事做过太多。他爱的不过是新鲜感，之后就继续在烟花舞场散尽风流，寻找下一个猎物。

　　从来他都视爱情是游戏一场，然而，她却错付了深情。

　　不是没有忠告。

　　曾经被唐季珊抛弃的张织云，打过电话给她。电话里，张织云语重心长地劝诫她：他喜欢玩弄女性，喜新厌旧；她自己就曾为唐季珊付出了所有，最后仍被抛弃；希望玲玉不要走自己的老路，要珍惜自己！

　　可是，为爱而生的女子，总会被爱蒙住了双眼，看不到亦辨不清其中的是非。那一点点的温存，那一点点的爱恋，皆让她奋不顾身，如飞蛾扑火一般。

　　果不其然，她这兀自痴恋，换来的是他的背叛。

　　若张织云说的那般，很快他就移情别恋了。而她却处在爱得死去活来的阶段，于是她学会了哭，学会了闹，唯独没有学会放弃。她就那么一个人，冷寂地等待浪子回头。

可是，浪子之所以叫浪子，怎会回头呢！

他的冷酷、残忍、无情，较之张达民的堕落有过之而无不及！

良人，难遇

她不过是唐季珊豪门暗寓里的一只金丝雀。

所以，当堕落的无赖张达民敲诈事业如日中天的阮玲玉时，他选择冷眼旁观，还恶毒地奚落她。

张达民无疑是无耻卑鄙的，他极尽小丑之态：他四处散播消息诬称阮玲玉曾经偷走张家古董等值钱物件，用来投资唐季珊的生意；他纠集小报记者极尽无中生有之能事，散播阮玲玉是他的前女友云云，以及跟阮玲玉在一起的"不可告人"的种种；他还诬告阮玲玉和唐季珊伤风败俗、通奸卷逃……真是谎话连篇。

张达民是将事业有成、又找了多金男友的阮玲玉当作终身的摇钱树了。

在张达民闹得沸沸扬扬之时，本该保护她的唐季珊却没有任何担当，不是没能力，而是生了厌恶感不愿意管。本来，他就没有那么爱她，只为得到她，如今得到后也就生厌了，甚至，为保护自己的声誉，他竟逼迫她发表了耻辱的声明，来证明自身的清白。

这还不够，他在外边还勾搭上了一个叫梁赛珠的女子。新欢在侧，他对她更是厌倦了。

所以，他不仅不给她安慰，还开始对她辱骂殴打。

也就是在这个当儿，她恰巧认识了蔡楚生。

其实，这之前她曾拒绝过蔡楚生请她主演自己的片子的邀请，一部是《南国之春》，一部是《粉红色的梦》。那时，他还是新人导演，选择出演他的戏，对于当红的她而言会有风险。出于对自己事业发展的考虑，她两次都拒绝了他。未料到，仅隔一年，这个名不见经传、来自广东乡下未曾接受过任何专业影剧培训的小人物，竟然一鸣惊人，他导演的《都会的早晨》《渔光曲》一上映就引起轰动。

　　她暗暗对他有了欣赏，不过没有想过会跟他合作，毕竟自己两次拒绝过他。

　　然而，蔡楚生并未因她的拒绝而放弃。他几乎看过她主演的所有片子，她的气质、她的悲情感，都印刻在他心里。始终，她都是他心目中最佳的女主角。

　　所以在《新女性》开拍之际，他第一个想到的就是她。他诚挚地又来邀约，请她出演自己电影的女主角了。

　　这次，她欣然答应。

　　《新女性》取材于真实事件，即蔡楚生的好友、女演员艾霞的亲身经历。艾霞因反对包办婚姻与家人决裂，在上海闯荡事业获取

阮玲玉剧照

成功，谁知却又投入一场无望的爱情，再没有活下去的希望和勇气，最后选择了自杀。不知道命运是不是有暗喻，阮玲玉这次的演绎竟成了她日后遭遇的写照。

陷入人生低谷的她，因同感于艾霞的悲惨经历而演得忘情投入。

尤其是最后一场女主人公自杀的戏，她因入戏太深而不能自拔。

拍摄结束，工作人员都散了，蔡楚生选择留下来陪她。那一晚，他们有了深入的交流。

其实在拍摄的过程中，他们已经惺惺相惜，早就暗生情愫了。

两个人都出身贫苦，身世飘零，从内心讲他们才是同一类人。

所以那一晚，他们四目相对，有万千柔情缱绻，爱意在彼此的身边潺潺而流，如小溪，似河流……

她想，他应该是自己人生中对的人了吧。

电影《恋爱与义务》剧照

可是，情缘岂是她一个人的臆想？当《新女性》上映被阻挠，当张达民为达目的将她告上法庭之际，当她觉得自己走不下去了，求他并希望他能将自己带走，离开这个是非之地时，他却以一张苍白的脸和沉默拒绝了她。

后来，我们从张曼玉主演的《阮玲玉》电影里，看到这伤情的一幕：张曼玉饰演的她在临死前去见蔡楚生，幽幽地对他说："我们一起去香港……可以结了婚再回来，只要你舍得同居的舞女和乡下的老婆。"她说完后，银幕上是蔡楚生一张苍白无血的脸。

沉默，死寂般的沉默。于她，应如乱箭穿心了吧。

对于他们这段情缘的幻灭，或许我们可以从张曼玉演绎的影像里获知，然而，对于阮玲玉那深重的幻灭感和绝望，谁都无法透过历史的光影触摸到。

我们不是她，所以无法感知她的伤痛。

我们只知道，1960年，他在她的汉白玉墓碑上题字——"一代艺人阮玲玉之墓"。

他应该是爱过的吧！

只是，于她来说，良人难遇，天长地久有时尽，此恨绵绵无绝期。

人言可畏、男人可恶

她一直遇人不淑，没有谁可以托付终身，还遭受了他们的玩弄、诽谤、诬陷、压榨、冷漠。

她的悲剧之因，由他们种下。

他们真的是对她各有各的坏。

生活中的阮玲玉

　　张达民，这个不学无术的纨绔子弟，是她单纯的青春初恋，最后却将她置于万劫不复之地，她在其间窒息、悲愤，却无以逃脱；唐季珊，如此浪漫多情，以为他是个良人，谁知不过是善于粉饰的人，久经情场，深谙始乱终弃之术，能给的、不能给的从来都泾渭分明，亦是让她苦不堪言、痛不欲生；蔡楚生，是个温情脉脉、知书达理的男人，也是深懂她的人。她甚觉这次可以托付终身，可谁知他更可怕，他读透孔孟之书，也敢就手偷香信誓旦旦，却就是不能承担责任。

　　他们用各自的"恶"，将她硬生生抛在冰冷的现实里。

　　1935年，《新女性》上映，她的事业掀起了又一个高潮，只是因为内容影射到黑恶势力和小报记者，故而被他们纠缠不休。而这时，卑鄙、龌龊的张达民又来补一刀，带着编造的所谓"淫史"与小报记者一起攻击她，还把她告上了法庭。

　　"她被额外的画上一脸花，没法洗刷"——这是鲁迅在她故去之后，对她当时处境的感叹。

她毕竟是女子，在外再强装坚强，骨子里还是柔弱的。

她其实不怕出庭，也不怕黑恶势力，她心寒的是，她在乎的人不怜惜她，还恶言相向。

最终，她在与张达民的狗血官司中，在唐季珊的出轨家暴中，在对蔡楚生的求助无望中，在那么多的流言蜚语中，终于累了。

一个逼迫、一个责难、一个逃避，她一生中逢着的这三个男人，都是将她逼到绝境的推手。

于是，她在妈妈给自己煮的面条中混入了几十颗安眠药，留下了"人言可畏"的字句，沉沉地睡去。

那一年，她仅仅25岁。

是那么年轻而又美丽的生命。

尾语

不知道，是不是宿命。

她从《挂名的夫妻》开启自己的银幕生涯，到逝去前共拍摄了29部电影。而她饰演的那些角色，无论是哪个阶层的，都有一个共性，那就是谁也没有逃过死掉的厄运。

这些悲剧角色，是否和她都有所暗合？

1935年3月14日，上海街头涌来30万民众，他们都为了送别她而来。

或许于她，这是最好的解脱。

她，终于不必再泥里来泥里去地搅浑一弯清流，亦不必再为爱受苦。

她，将那些挣不断、理不清的爱恨情愁都远远抛在身后。

至此，滚滚红尘之中，流传的只是她的传奇，以及她在胶片里身穿旗袍的隐约身影。

这世间，除了那个给她生命的男人，没有谁真正爱过她！

也罢，她自离去，从此再不用对爱有无尽的期盼了！

唐瑛

爱自己，做一辈子的美人

1910 年 — 1986 年

20 世纪 30 年代的旧上海，名媛云集。

她们舞姿曼妙，谈吐高雅，知性又风情万种。

彼时，有名媛翘楚一枚，她叫唐瑛。

她自律、优雅、品味不俗，才貌兼备。

最重要的是，她一生活得通透潇洒，是真正的美和精致的化身。

在蜜糖里成长

王安忆说："上海是一个大的舞台，那儿上演着许多故事。"

醇如酒酿的旧上海，更是日日上演着无数绮丽的故事，流溢出万千风情。

上海名媛唐瑛，她的那则故事就隐现其间。

她生于1910年。

彼时，唐家是个富甲一方的"新贵"。父亲唐乃安，是"庚子赔款"资助的首批留学生，也是中国第一批留学的西医。归国后，他成为沪上名医，开了一家专门给权贵看病的私人诊所，所交非富即贵。也因此，他狠狠地赚了一些财富，成了彼时上海滩最有资本的西化的贵族。

母亲徐篯，则是昆山著名基督教大家族徐家的小姐，毕业于中国第一所女子大学——金陵女子大学，与著名教育家吴贻芳女士还是同学。

唐瑛就出生在这样一个新式、富足的家庭，是含着金汤匙出生的可人儿。粉雕玉琢的她，很得父亲欢喜，于是，家人给她起名——唐瑛。瑛，取《说文》里的玉光之意。

父亲唐乃安是期待她的一生如珠如玉。

从小，唐瑛接受的就是"精英式教育"。唐家是新式家庭，亦是基督教家庭，因此女孩的地位颇高。唐瑛就读的学校是中西女塾，那是上海滩赫赫有名的贵族女子学校。

父亲唐乃安，是要把她培养成名媛翘楚的。

所以，他对她的教育是严苛的，亦是不吝惜成本的。除了上贵族学校，他还专门请了私人教师来家里教她学习舞蹈、戏曲、英文等。

从衣食住行到谈吐举止，唐瑛都接受了严苛的训练。

父亲说过的，这是进入上流社会的筹码。

唐家的生活，亦是考究的。

"当时，家里光厨师就养了四个，一对扬州夫妻做中式点心，一个厨师做西式点心，一个厨师做大菜。"（唐二小姐、唐瑛之妹唐薇红之语）

这样的唐家，听起来精致奢华，然而，于其间长大的人，却如苦行僧一般。

纵有美食当前，她的身材是要天天量的，衣服是要月月修的。

据说，她有严苛的饮食规矩，几点吃早餐，几点吃午餐，几点下午茶，几点吃晚餐，有着详细、精准的时间表。

每一餐，都是严格按照营养科学均衡搭配的。

吃饭时，亦有严苛的礼仪：不能玩弄碗筷等餐具，不能边吃边说，汤如果太烫，也不能用嘴去吹……

若要成为出类拔萃的名媛，若要在上流社会成为翘楚，这是最基本的修炼。

年轻时的唐瑛

美人，可不是只天生丽质就好。

透过历史的光影，我们看到一个在蜜糖里长成、"金玉翡翠"般精致摇曳的她：白净的肌肤，标致的鹅蛋脸，弯弯的柳叶细眉，一双墨黑的眸子，秀气挺直的鼻梁，红润的樱桃小嘴，盈盈一握的杨柳小蛮腰，嗓音甜美又长袖善舞，秀外慧中又风姿绰约。

她是精致、时尚、优雅的，一踏入名媛圈，即艳压群芳，成为那时最耀眼的名媛。

名媛修炼记

"每天12点起床洗头，做头；旗袍穿得窄紧；心情好的时候，自己画纸样设计衣服；薄纱的睡衣领口，配了皮草；家里穿的拖鞋，夹了孔雀毛。"

这是蔡康永笔下的上海名媛母亲。

可见，名媛不是一日修炼而成的，须每时每刻保持贵族的风采、考究和尊严。

她唐瑛，亦如是。

彼时，在旧上海，社交是一种时尚和文明的象征。

1926年，16岁的唐瑛正式踏入上海的交际圈。

一亮相，即惊艳整个上海滩。

当时，有名媛陆小曼红极北平。

如此，唐瑛和陆小曼便有了"南唐北陆"的赞誉。

但是，唐瑛不似小曼为爱而活。她始终明白要为自己而活，小小年纪便练就了上海女子的聪慧和精明。

她非常自律，对自己要求严苛，即使不出去交际，也要让自己时刻明艳动人。

早晨起床，她会穿一套舒适的短袖羊毛衫。

中午，则会换上一套精致的旗袍。

晚上，若是家里有客人来访，她会穿上一袭华丽的西式长裙，优雅地跟客人谈笑风生。

华服加身，她始终品位卓然。

作为名媛的她，不喜欢重复的生活，喜欢一切新鲜的、时尚的物什。

上海滩最热闹的百乐门，是她最常去的地方。穿着一身新衣，跳一曲欢乐的舞，于她是最欢喜的时刻。

彼时，欧美正流行香奈儿5号香水、菲拉格慕高跟鞋、赛琳时装、LV精致小包，这些都成了她的心头好。她一一买来，让它们成为她在百乐门的华美战袍。

据说，她有十个描金大箱子，里面都是她最爱的旗袍；另外还有一整面墙的衣柜，收藏着她的时尚物什。

而且她不空有华服，更乐于创作华服。

那时，她常去逛当年最大、最时尚的鸿翔百货，不买，只逛，是为了记住让自己惊艳的款式，回到家便吩咐家里的裁缝来制作。

但绝不是复刻。

她每次都巧妙地加入自己的创意，就此成了独一无二的"唐瑛款"，且每一次穿出去，即成时尚、成潮流，得沪上万千女子的追捧。"唐瑛款"成为上海滩最火热的时尚款，能拥有一件的都是最时髦的名媛闺秀。

独乐乐不如众乐乐，她也愿意分享这份时尚。

于是，在静安寺一隅，她和陆小曼一起加盟了张幼仪创办的

"云裳时装公司"。

该时装公司，可谓开民国女子专业时装公司之先河。她和陆小曼不仅亲自为公司形象代言，还重金聘请了从日本、法国留学归来的江小鹣为设计师。

由名媛、名设计师坐镇的"云裳"公司，一时风头无两，成为上海滩最著名的时装品牌，所出衣衫款式皆被沪上女子追捧。

一件云裳的衣服，即是当时最时髦的标志。

最鼎盛时期，就连日本、菲律宾、新加坡、印度等国的富商大贾，都来选购。

不做徒有虚名的名媛，是她一直坚持的原则。

所以，她一直特别自律，学习作为名媛的各项技能。曾有报道说，她为了练习一个舞步，从清晨练到了日暮。

当年，有沪上杂志鼓励女性要社交，要做新女性，因此青年女性皆以她为学习的榜样。

除了时尚穿搭、跳舞，她还喜欢戏剧。

着装时尚的唐瑛

1927年，她与小曼相逢，一如"金风玉露"的相遇。她们一拍即合，在中央大戏院演绎了一出昆曲《牡丹亭》。

她，反串男主柳梦梅；小曼，演绎娇媚的杜丽娘。

戏台上，她们一个轻摇折扇，一个低眉款步，演得如痴如醉。

一曲终，水袖流转，顾盼生辉，她们成了各大报纸的头条。

一时，风头无人能及。

彼时，她年方十七，一袭白衫，含情脉脉地道："则为你如花美眷，似水流年。"

作家陈定山《春申旧闻》里写：门阀高华，风度端凝。

说的，就是唐瑛这般的名媛。

她系出名门，漂亮，有才，善交际，又技艺精绝。

可见成为真正的名媛，不是随随便便、轻轻松松，而是要修炼十八般技艺的。

要自律，有品位，亦要有风骨。

如此，才可风华绝代。

她的情事

在这世上，于她，爱情不是必需，爱自己，才是一生的主题。

也会有情之所动，爱之神往。

但她深知并不是每段爱情都会是美好的，也不是轰轰烈烈的爱情即可圆满。

所以，她从不强求爱情。

与有情人做快乐的事，顺其自然，便好。

不过，穿衣，要穿最美的华服；嫁人，自然也不能落了凡俗。

政界才俊、帅气多金的"钻石王老五"宋子文，就在这时走入了唐瑛的生命。

唐宋两家本就有交情，宋子文于政坛得势后，唐瑛的哥哥唐腴庐还与宋成了同僚，做了他的秘书。

因此，那时宋子文成了唐家的常客。

初相见，宋子文就被明眸皓齿的唐瑛所深深吸引。

所谓一见钟情，就是他这样的。

他对唐瑛展开了疯狂的追求。对年轻有为的宋子文，唐瑛是颇有好感的，但却谈不上兴趣浓烈。也没有什么拒绝的理由，加之情窦初开，在宋子文刻意制造的各种甜蜜中，她同意做他的女友了。

衣香鬓影、歌舞升平里，她觉得他们是同一类人。

若能寻得一知己为伴侣，夫复何求。

然而，他们的恋情遭到了一向开明的唐乃安的强烈反对。

他是不想自己的宝贝女儿有朝一日被无端卷入政治纠纷之中。见多了军阀、权贵，他太知晓政治生涯的残酷、危险。安稳，于每一个政治人物而言都是最大的奢求。

可是这段爱情，于彼时的她，却是不想放手的。

遇到知己不容易，遇到伴侣更不容易，她不想她的爱情就此熄灭。

1931年的一天，宋子文在上海火车站遇刺。结果，唐瑛的哥哥，也就是宋子文的秘书唐腴庐，因为服饰和宋子文很像，被误杀了。

唐家陷入哀恸悲伤之中，唐瑛的父亲当即让女儿唐瑛断绝与宋子文的往来。

宋子文也觉得愧对唐家，于是选择了放手。

唐宋二人的一段情缘，就此结束。

妹妹唐微红，曾在回忆文章里将他们这段爱情告知世人："我大姐唐瑛还和宋子文谈过恋爱，不知是因为我爸爸的缘故还是我哥哥缘故，两人认识的，但是我知道是为什么分开的：我爸爸坚决反对。我爸爸说，家里有一个人搞政治已经够了，叫我姐姐不许和宋子文谈恋爱，怕她嫁给宋子文，家里就卷到政治圈里……"

总之，他们这对金童玉女的良缘就此夭折。

不过，在她的抽屉里，一直放着当年宋子文写给她的情书。

二十几封，不多也不算少。

毕竟，他们交往的时间那么短。

月朗星稀的时候，她偶尔也会托腮展笺，想起一些美好的回忆。但也仅此而已。

爱情来来去去，只可静观，不可深陷，不然会耗尽元气，伤筋动骨。

若小曼那般，为爱飞蛾扑火，她肯定是不会做的。

一如安妮宝贝说的："甜腻黏稠的恋情，令人生疑。恐怕是彼此掉入幻觉之中，翻江倒海，最后爬上岸，发现仓促间不过是池塘里蹚了浑水。"

爱自己，锦衣欢

跟宋子文的一段情，最终成了她生命中的昙花一现。

不久，她遵从父命，嫁给了宁波"小港李家"、沪上豪商李云书的公子李祖法。

这真是一段门当户对的姻缘。

抛开豪门出身不谈，李祖法还是美国耶鲁大学的留学生，时任水道工程师，且相貌堂堂，绝对是不可多得的金龟婿。所谓男才女貌，喜结良缘。他们的婚礼隆重又热闹，名流云集，嘉宾满座。

一年后，他们的儿子李名觉出生了。

所有人都觉得她的婚姻美满幸福。可是，在婚姻里，唯当事人冷暖自知。

16岁即入交际圈的唐瑛，素来喜欢社交、热闹。

然而，她的夫君李祖法却是个老古董，喜欢静，还一肚子"老夫子"的观念。

他虽然是留洋归来的新式学者，却一点新式的思想都没有，最见不得自己的妻子抛头露面。

起初，唐瑛不理他，觉得他无理取闹罢了。你不喜欢，我喜欢就成。

道不同不相为谋，夫妻相处之道亦如是。

他们的婚姻，有了无法弥补的深深裂痕。

富足、古板的李祖法，确实是个不解风情的伴侣。在他的眼里只有花花绿绿的钞票，而明艳动人的妻子却是交际场所的高手，亦视"玩乐"为生命，这让他无法容忍。

思想如此大相径庭的两个人，是很难厮守终生的。

当时虽以"门当户对"结了连理，却终敌不过时间的消磨。故此，他们这一段姻缘终以离婚收场。

1936年，他们正式离了婚。

彼时，26岁的她带着6岁的儿子离开了李家。

张小娴说："两个人一起是为了快乐，分手是为了减轻痛苦，你无法再令我快乐，我也惟有离开，我离开的时候，也很痛苦，只是，你肯定比我痛苦，因为首先说再见，首先追求快乐的是我。"

生活中难免会有起起落落。

于唐瑛而言，不适合自己的，她从不会留恋，也不会就此沉溺而失去自我。

她不需要借助任何男人来丰盈自己的人生，更不会允许自己深陷感情的旋涡。

理性，从来都是她生存的法宝！

一辈子，做美人

离婚后的她，不见哀怨，反而更见光华。

她继续活跃在自己喜欢的社交圈，百乐门里常见她长袖善舞的身影。

她朋友多，常邀三两好友，看戏，唱戏，看电影，也逛街。

生活，依然美好。

她还是那个光鲜靓丽的唐瑛，无论居家还是外出，都时刻保持着美丽、优雅，并没有因离婚而影响分毫。

都说上海女子自视极高，这话不是虚言，但却不是真的趾高气扬，亦不是眼里揉不得沙子的清绝孤高，而是多少带有孤芳自赏的情愫而已。

诚如，被称为上海美人的她。

她这一生，真正将自己的喜好，填满了人生。

她从不为任何人而活。

彼时，静安寺的"百乐门"舞厅久负盛名，吸引了各式各样的名流权贵。比如，张学良、徐志摩、陆小曼、周璇等，都在这里留下歌舞欢娱的身影。许多名流的订婚仪式也会在这里举行，比如陈香梅和陈纳德。据说卓别林夫妇当年访问上海时，也曾慕名到此。

当时，上海滩上最时髦的娱乐活动，就是吃西餐，看电影，最后到"百乐门"跳舞。

华灯初上，灯红酒绿的迷离世界里，唐瑛始终是最风姿绰约的一个。

这是她要的快乐，亦是她想要的人生。

一辈子做美人，永远是她不变的信条。

"彩袖殷勤捧玉钟，当年拼却醉颜红。"她将自己的人生活成了一幕华丽的剧。

她演戏，光鲜靓丽、婉转回眸中可风情千种；她跳舞，轻盈舞步窈窕身姿亦魅力无穷。

除了这些，她还极爱旗袍。

她美了一辈子，尤以旗袍是心头好，亦是利器。

人说，旗袍之于旧上海，是一种无尽的妩媚和妖娆、性感和风情。上海女子用旗袍演绎出风情万种，"束身旗袍，流苏披肩，阴暗的花纹里透着阴霾"，这是爱极旗袍的上海名作家张爱玲笔端的描述。

多年后，妹妹唐微红去接机，只见60多岁的她依然着一身葱绿的旗袍，举手投足中，恍如葱茏少女。

风华绝代，让人不觉美人迟暮。

尾语

世间再孤绝清傲的女子，一生总是要将一颗芳心安放到一个男子那里的。

唐瑛，亦如是。

世间缘分牵，仿佛是为了等他这个人，她之前的爱情才一波三折。

在一场舞会中，她遇到了在美国美亚保险公司工作的容显麟。

容显麟是中国留学生之父容闳的侄子，其貌不扬，个子还矮，于外人眼中，他与貌美的唐瑛是极不相称的。

但于唐瑛而言，她不求她的夫君大富大贵，亦不求他声名显赫，只求能与她喜好秉性相同。如此，足矣。可无关容貌，亦可无关身量。

容显麟喜交际，精通骑马，钓鱼，跳舞，是个十足的文艺生活家。对唐瑛来说，是十足的同类。

他们是在对的时间，亦遇到了对的人。于是，他们很快结了婚。

当她和容先生度完蜜月回到上海时，上海滩已是乱世，上流社交圈亦沉寂。既然天下无交际圈，从此，她便专心在家做容先生贤良的妻。

兜兜转转，容先生才是最懂她的人，他从来都知晓她对美好生活的定义。

所以，每个周末，不管工作如何忙，他都会抽出时间带她们母子去游玩，或陪她看喜欢的戏曲，或带她去看一场新上映的电影，或带孩子吃喜欢的汉堡……

于是，生活幸福而美好起来。

他们夫唱妇和，琴瑟和鸣。

1948年她跟随丈夫容先生到了香港，后移居美国。在美国，容先生继续做他的老本行，而她则继续做她的美人。直到1962年容先

中年时期的唐瑛

生过世，他们在一起25年，如神仙眷侣一般。

晚年，唐瑛搬到儿子隔壁的单元居住。

没了容先生的陪伴，她的生活依然静好、从容，她仍化精致的妆，穿华美的服。

美丽的她，会去看自己喜欢的戏和电影，也会约上好友打牌，打麻将，做饭什么的。

食人间烟火，过美好人生，将生活美学延展若花海。

在她的手边，有个直通儿子房间的电铃，到最后她都未碰过一下。事实上，晚年的她，从未用过保姆，也没麻烦过儿子。生活的一切，都是自己打理。

1986年，她在纽约的寓所静静离去。

"宠辱不惊，闲看庭前花开花落；去留无意，漫随天外云卷云舒"，说的就是她这样的美人心境。

岁月流转，历史尘埃中爱自己、美了一辈子的她，最是令人难忘。

因为她有风华亦有风骨，不只打扮成了一位美人，而且活成了一位绝世美人。

谁说美人骨头轻不过三两，如花容颜终会凋零，零落成泥碾作尘，其实，有些美丽是活在心底，活在风骨里的。

风霜雨雪，都不能将它湮没！

诚如，唐瑛这般！

张兆和

一个正当最好年龄的你

1910 年 — 2003 年

我行过许多地方的桥，
看过许多次数的云，
喝过许多种类的酒，
却只爱过一个正当最好年龄的人。
——沈从文

遇见一个痴情的男子

她和他是在上海吴淞的中国公学相遇的。

彼时，他是老师，她是他的学生。

她，是人人公认的万人迷校花；而他，则是个羞涩局促、不起眼的老师。

他们的出身是有差距的。

张兆和出身的安徽张家是个大家族，父亲张吉友是有名的富商，良田万顷，亦喜结交名流，投资教育事业，据说蔡元培先生也是他家的座上宾。张家有四个女儿，即元和、允和、兆和、充和。生在这样优渥的世家，张兆和自带一股凛然冷傲的气质。

他则不同，来自湘西凤凰。青山秀水的临江吊脚小楼，和风细雨满城石板路，氤氲出他一肚子的悱恻文字，却无法洗掉他一身来自小地方的怯弱气质。所以，当他疯狂喜欢上张兆和的时候，张兆和自是看不上他的。更何况，他们还有着8岁的年龄差距。

尽管，当他们遇见时，沈从文已在文学上小有成绩，在中国的文坛上亦是引起过不小的轰动，然而在大家闺秀张兆和的眼里，他依然是操着浓重湖南口音、小学文凭、大兵出身，一穷二白的书生。

只是情海激荡，她不爱他，并不能够阻止他爱她。

那时张兆和的追求者和暗恋者，可谓数不胜数。调皮的她，将那些追求者一一给了"青蛙"的编号，当沈从文交出写着"不知道为什么我忽然爱上了你！"这第一封情书时，她便立即将他编为"青蛙13号"，对他并未做出任何特别的举动。在她的眼里，他不过是她众多追求者中的一个，并无什么特殊之处。

于情种沈从文而言，越是不可得，越是锲而不舍。于是，她愈是不回应，他便愈是爱她爱得欲罢不能。一封封情书，如雪花般飞

合肥四姐妹（前面第二排）合影

到张兆和的身边，连二姐允和都忍不住调侃起来，说这些信要是从邮局寄肯定超重！张兆和却因此烦了心，愈发懒得理他了。

他因为爱得太痴，病倒了。

他真是为爱而生、难得一见的痴情男子，兀自言说着："想到所爱的一个人的时候，血就流走得快了许多，全身就发热作寒，听到旁人提到这人的名字，就似乎又十分害怕，又十分快乐。"简直疯魔了。

痛并快乐着，也许就是他始终放不下她的理由，如同吸食鸦片一般，会上瘾。

因为爱而不得，他在疯魔里变得无赖起来，闹着自杀的伎俩。

看过一些，他写给她的无自尊且如呓语般的情话：

"莫生我的气，许我在梦里，用嘴吻你的脚，我的自卑处，是觉得如一个奴隶蹲到地下用嘴接近你的脚，也近于十分亵渎了你的。"

"爱情使男人变成傻子的同时，也变成了奴隶，不过，有幸碰到让你甘心做奴隶的女人，你也就不枉来这人世间走一遭。做奴隶算什么，就是做牛做马，或被五马分尸、大卸八块，你也是应该豁出去的！"

…………

他爱得着了魔，变得疯狂，有点让人看不起了。

转而想到，在那个时代，或许也只有他，因为爱她，那么不管不顾地擎着三十岁左右的年龄，单纯得像个孩子般，如大雨滂沱般热烈地爱着她！

终，迷醉在他写的罂粟花一般的句子里

她则怀着一颗坚如磐石的心，果断地绝不接受他。

可是他始终锲而不舍地追求，还三番五次地寻死觅活，于是将这事闹得满城风雨、人尽皆知了。

大家纷纷议论着，这让家世清白的张兆和有些吃不消了。

于是，她跑到校长胡适那儿去告状。谁知，胡适正想着如何撮合他们这对才子佳人呢。他一边夸奖沈从文是个难得的天才，一边说同为安徽老乡，愿意出面去向张父说媒，还刻意强调了沈从文对她的痴迷程度，说："我知道沈从文顽固地爱你！"

张兆和则脱口而出："我顽固地不爱他！"

胡大师闻言愕然，只得给沈从文写信说："这个女子不能了解你，更不能了解你的爱，你错用情了……爱情不过是人生的一件事（说爱是人生唯一的事，乃是妄人之言），我们要经得起成功，更要经得起失败。你千万要挣扎，不要让一个小女子夸口说她曾碎了沈从文的心……此人太年轻，生活经验太少……故能拒

张兆和与沈从文

人自喜。"

做人坦荡的胡大师，同时将这封信的副本寄给了张兆和，接到信后张兆和在日记里这样写道："胡先生只知道爱是可贵的，以为只要是诚意的，就应当接受，他把事情看得太简单了。被爱者如果也爱他，是甘愿的接受，那当然没话说。他没有知道如果被爱者不爱这献上爱的人，而光只因他爱的诚挚，就勉强接受了它，这人为的非由两心互应的有恒结合，不单不是幸福的设计，终会酿成更大的麻烦与苦恼。"

彼时的张兆和，真是冷静和清醒啊。

只是棋逢对手，她遇见的是爱情高手。沈从文这个湘西人，虽看起来斯文温和，实则有着一股湖南人的热血和蛮劲，对认准的事是九头牛也拉不回来的执拗。所以，对张兆和的拒绝，他不管；对胡适的劝解，他不听，只任性用情地继续给张兆和写那些绵密炽热的文字。

功夫不负有心人呀，就在他自己都快要绝望的时候，他顶礼膜拜的女神紧闭的心扉竟然被炸开了一道缝。她对人说着："自己到如此地步，还处处为人着想，我虽不觉得他可爱，但这一片心肠总是可怜可敬的了。"她算是接纳了他。偶尔，还会生出自己到底是"什么时候开始对这个'乡下人'的看法逐渐改变了，真是一点也想不起了"的惘然 。

张兆和那坚如磐石的心，终于在沈从文的文字蛊惑下柔软起来，接纳了他。曾经她说："是因为他信写得太好了！"是如此吧，那些如同罂粟花一般的句子最是诱人，且让人越看越上瘾。

从此，她的心里有了他的影子，并且有了他的位置。

他这一场持续了四年之久的苦恋，终于有了结果。

1933年，沈从文辞去了青岛大学的工作，于9月9日在北京中山公园和自己的女神举行了婚礼。

爱情的"甜酒"，在他的坚持不放弃下，总算喝到了。

这样，未尝不好。不过，也未尝好。

如花爱情，在"柴米油盐"里萎谢

有阵子，李敖和胡因梦闹掰，李敖便大肆言说，他受不了胡因梦在厕所里便秘。实际上，他是接受不了自己景仰着的女神变成女人。

可是，活在这世间，哪个女神不也是平常的女人？

胡因梦是，回头望，张兆和也是。

在嫁给沈从文之初，沈从文因为自己的风骨，不要丝毫嫁妆，这可苦了张兆和。加之他喜欢收藏古董文物之类，当兆和在为三斗米发愁时，他还继续"打肿脸充胖子""不是绅士冒充绅士"，典当了兆和的首饰去买古玩。生活本就很拮据了，还有个败家的九妹跟着他们一起过。

对这样的生活，兆和虽不说什么，心里的失落应是有的。她因着骨子里的好强和叛逆，忍耐着不发出一丝声音。这样的她，断是浪漫不起来的，无论是生活本身，还是陪她一同生活的人，都无法唤起她内心的柔情。

在那段岁月，张兆和正如自己最爱穿的蓝粗布袍子一样，变得个性粗粝起来，整日里为着三斗米发愁，生活和性情皆粗糙得如同砂纸，再没有一丝光华。

27岁的她，开始觉得自己老了。

生活就是现实，毕竟不能靠情书过日子，再优美的文字，看过也就罢了，顶多激起心海涟漪，却不能变成米下锅。

搁下那些我们后来感念不已的激滟美句，对她来说，婚后生活是无真正的幸福可言的！

也是。她虽然嫁给了沈从文，但却没有真正欣赏、爱慕过这个令无数女子欣赏、爱慕着的人。所以，她对他说："不许你再逼我穿高跟鞋、烫头发了，不许你用因怕我把一双手弄粗糙为理由而不叫我洗东西做事了，吃的东西无所谓好坏，穿的用的无所谓讲究不讲究，能够活下去已是造化。"

说出这样"世俗""现实"的话的张兆和，当时是吓了他一跳的。他看不见他理想爱情里女神的样子了。

林语堂曾经说过："男子只懂得人生哲学，女子却懂得人生！"

这话放在他们二人身上，真是贴切妥当。将爱慕的女子视为女神的沈从文，是希望生活浪漫一些再浪漫一些，根本想不到现实里那些无可奈何；张兆和骨子里虽浪漫多多，可因现实逼迫不得不世俗，面对本不甚爱慕的男子，生活遂陷入一种悲哀境地。说白了，她虽是红颜，却不是知己。多年里，她从未懂得为她写过那么多抵死缠绵的诗句的沈从文。所以，在悠长的岁月里，她始终与他隔着一条河的距离，从未做到夫唱妇随。

1937年，抗战爆发之时，她做出了令沈从文吃惊的决定。

当沈从文和大批知识分子，准备辗转迁到昆明的西南联大时，她却决定不和他一起南下，理由是：孩子需要照顾，离开北京多有不便；沈书信太多、稿件太多，需要整理、保护；一家人都跟着沈从文，会拖累他。事实上，许是她真的不够爱他，若是有沈从文爱她的十分之一或千分之一，也应不会做出这样的选择。乱世里的人，谁不是得过且过？安危的无法预测，让每一次的分别都意味着可能的永别。

是的。真正相爱的人，从来都是畏惧别离，想要长相厮守的！

这样的独自留守，让沈从文情何以堪！

在昆明的日子里，沈从文曾多次哀求她去陪他，可是，她始终可以找到理由来避免与他的团聚。

在沈从文飞花逐月的爱之世界里，从此便碎片乱飞、满目疮痍了。他幽幽地抱怨道："你爱我，与其说爱我为人，还不如说爱我写信。"转而又生了疑惑，怀疑她有了婚外情："即或是因为北平有个关心你，你也同情他的人，只因为这种事不来，故意留在北京，我也不妒忌，不生气。"因他这苛刻的话，张兆和终于带着孩子们去了昆明，却坚决不与他同住，而是住在离他有一段距离的呈贡。每一次的相聚，沈从文都要在"被尖声尖气叫唤的车头拖着晃一个钟头，再跨上一匹秀气的云南小马颠十里，才到贡南门"。

他内心的委屈可想而知，为了报复她，他开始大肆倾吐着对高青子的爱慕之情，以此向兆和传达自己有能力爱不止一个女人。事实上，早在兆和来之前，他就和高青子有了暧昧之情。

如果一段即将开始的爱情，是建立在一个家庭破碎的基础上，那么家庭的裂痕恰恰就是爱情的断章。沈从文与张兆和二人的爱情就是最好的诠释。

虽然他对她极为爱慕，但没能真正打动她，再是朝朝暮暮的相处，一开始也注定是貌合神离了。

素来和文人相爱就是很辛苦的，理想国里的爱情之花，终会在现实的琐碎俗事里萎谢！

他们的爱情终如繁花落尽，只留下那镂刻深情、美丽若花的情书兀自灼热在时光里。

尾语

1946年，他们正式分居。

后来几十年的岁月里，他们只是维持着名存实亡的婚姻。

爱情就是如此，爱就是爱，不是感动，也不是感激。两个人情感上失衡，即便结婚了，也不会真正长久。

回头望他们走过的婚姻之路，真正和谐的时间是少之又少，更多是不理想的。不过，在沈从文离世后，兆和反而对他有了全新的认识。1995年，整理好他的遗稿，她郑重地在后记里写道：

"从文同我相处，这一生，究竟是幸福还是不幸？得不到回答。我不理解他，不完全理解他。后来逐渐有了些理解，但是，真正懂得他的为人，懂得他一生承受的重压，是在整理编选他遗稿的现在。过去不知道的，现在知道了；过去不明白的，现在明白了。他不是完人，却是个稀有的善良的人。"

晚年张兆和与沈从文

这应该是她馈赠从文的最美的情话了。

可是，沈从文早在1988年就去世了。

也许就像她继续写下的这样：

"……太晚了！为什么在他有生之年，不能发掘他，理解他，从各方面去帮助他，反而有那么多的矛盾得不到解决！悔之晚矣。"

是的，一切都太晚了。

在沈从文在世的岁月里，她没有给过他最暖心的安慰和最深情的爱；他逝去之后，她如此后悔也于事无补了，只徒增了些"空余长恨"的惆怅。

斯人已逝，一切已空，唯感叹，幸与不幸，悔与不悔，全是自苦，又何必呢！

如果每个人在爱情里，多些对对方的理解，多花些时间和心思去经营，也许世上便没有那么多留有遗憾的爱了。可话说回来，若如此，爱情也就不那么绚烂刻骨了。

既然爱情留不住，就只记住最美好的时刻吧。到了暮年，会为自己曾爱过一个最好年龄的姑娘而激动不已，一如他写过的："我行过许多地方的桥，看过许多次数的云，喝过许多种类的酒，却只爱过一个正当最好年龄的人。"

时光悠长，最开始的情愫已无人可知，只记得曾有一个男子情深似海地向正当最好年龄的她那样表白过。

萧红

落红萧萧，你始终一个人

1911 年 — 1942 年

世界，太过芜杂，无可为念，
容不下她的寂寞；
世间，从无谁能给她温暖，
落红萧萧里，烟花那么冷！

呼兰河畔，她的城

百年前，萧红生于呼兰城内。

经年累月，萧红饮着呼兰河的水，却在长久的时光里，那般迫切地想要离开它的怀抱，飞奔逃离去其他的城。

这个生于斯长于斯，却歌哭于异地的女子，始终向往着呼兰河外的天空，在羽翼还未丰满时即不顾一切地悄然飞离！出逃之路，让她付出了惨重的代价——流落街头，忍饥挨饿，生活难以为继。

1911年，她出生的这一年，恰逢辛亥革命。有人说，这时间的巧合，使得她的生命始终暗含了一种叛逆、哗变的气质。

其实，这并不是最悲情的，最悲情的是她出生的那一天，正值端午节。这对那个封建陈腐的萧家而言是大忌。

曾有人说过："天才都仿佛是注定要寂寥一生的。孤单地来，落寞地走。"

据说，重男轻女的父母本是渴望一个儿子出生的。

来自家庭的温情，在她出生的那一刻便淡薄得很。

多年后，她在散文《永久的憧憬和追求》中写过自己的出生："一九一一年，在一个小县城里边，我生在一个小地主的家里。那县城差不多就是中国的最东最北部——黑龙江省——所以一年之中，倒有四个月飘着白雪。"

溯源而望，似可透过那时月光下的残花，看到老树花影的园子里那老了的人，旧了的事。

无暖情的，冰冷的家

张家的祖上，是一个庞大的富甲一方的家族。

只是常言道，富不过三代。到了萧红的祖父张维祯这代，祖辈创下的家业开始衰落，但也还算殷实。

萧红的父亲张廷举，并非祖父的亲生儿子。他们本有儿子的，只是不幸夭折，加之女儿依次出嫁，寂寞对望的夫妻俩因膝下无子承欢而心慌不已。为了老有所依，他们便在族中过继了一个男孩以备养老之需。

最后，他们选中了堂弟的第三子张廷举。

或许，过继来的人，血脉里有浓浓的疏离感，所以渐渐不在意家庭的温情。因此，小小的萧红从未在他那里得过一丝一毫的温暖。

他，亦成了萧红最初的疼痛。

萧红

因着张家的殷实家境，父亲自小接受了新式教育，但他骨子里却仍是个旧时的人，他的婚姻最后仍还是由养母说了算。经媒妁之言，他娶了母亲看中的姜家的大女儿，即萧红的生母姜玉兰。

母亲是一位精通文墨的闺秀，相貌姣好，气质不俗，是个精明利落的女子。不过，于萧红而言，她和父亲二人均是无情。

他们俩，一个是痛，一个是伤，谁都未曾给过她温暖。

父亲是不懂亲情、失掉人性，冷酷、冷漠、贪婪的人。这样的父亲，对待萧红亦是冷淡至极，动辄还会给她一阵拳脚。所以，他使得萧红的童年变成了令人不寒而栗、隐随一生的梦魇。

没有父爱的同时，母爱于她亦是稀薄的。

母亲姜玉兰虽熟读经书，却跟祖母一样，极为重男轻女，故而对萧红从来都冷淡至极。本无父爱所依赖，母爱亦仰望不到，这样的童年真的让人心生绝望。在后来的岁月里，在萧红的文字中，她常常会讽称母亲是一个"恶言恶色"的女子。

得不到母爱也就罢了，小小的她最后还失去了母亲。

现实总是如此残忍。

母亲逝去三个月后，父亲就续娶了。这一次，继母对她的冰冷态度更为刺骨。那女子，倒是不打不骂，只是客气，客气到拒人千里之外，这样的冷若冰霜更让人心生寒意。

所以，在成人后的萧红的世界里，有的只是淡漠的母爱。世人皆言母爱温暖，于她却感受不到，没有任何神圣和愉悦。或许因此，后来她才会有两次抛弃亲生孩子的举动。母爱的缺失成了恶性的延续，她未曾得到，亦学不会给予。

在没有父母抚爱、没有温情的悲伤童年里，所幸还有他在。

他就是萧红的祖父。

萧红出生的时候，他已进入暮年，可他是个难得的心地善良的老人。幸而有他，萧红的人生底色才不全是灰暗无光的。

他很疼爱萧红。从她蹒跚学步开始，他便带着她房前屋后地转悠。堂前檐下、前院后园，皆留下了祖孙二人欢笑嬉戏的身影。正是因为他的存在，小小的萧红，才拥有了可以回味一生的如歌时光。

于萧红而言，善良慈祥的祖父是影响了自己一生的人，关于祖父的点滴回忆，亦是给予她片刻陶醉的源泉。虽然祖父在她18岁时就离开了她，但和祖父相处的欢愉时光，却经久地回旋在她的心海深处。

幸好，在那无关爱、无呵护、无暖情的灰暗岁月里，有一个如此爱护她宠溺她的人，给她以温情的补给。

不然，萧红的人生该会灰暗到怎样令人窒息的程度？

人生宿命，旧时婚约

有继母的家，如同冷寂的深渊。

而祖父又老糊涂了，他再无法给予萧红庇护和温暖。在那个家里，萧红渐渐与人疏离了。她已渐谙事理，故意冷漠地做出些令父亲和继母生气的事，对家人更是冷淡至极，亦因此，她和父亲之间的关系僵若硬石，没了缓和的可能。

那时过往，再不可回望。

岁月流逝，只是在她孤寂的心里还有这样或者那样的回响，犹如墙壁年久失修后剥落的墙皮，仅留下一地破碎不堪、不忍目睹的伤。

然而，这些往日的伤痛记忆，还是不如现实里的伤更令人疼痛不已。

萧红长到亭亭玉立时，父亲这个旧时代里的人给她做了主，把她许配给省防军第一路帮统汪廷兰的次子汪恩甲。

这是1927年的事了，彼时萧红就读于哈尔滨东省特别区区立第一女子中学（现萧红中学），师范学校毕业的汪恩甲恰好来到这个城市任职于一所小学。一场俗世里的姻缘在萧红六叔的撮合下敲定。那年的寒假，他们俩正式签订婚约。只是，整个过程萧红从未参加。也是，父母之命、媒妁之言下的婚约，断不会征询她的意愿的。

起初，对感情懵懂的她还不是特别抵触。

在汪恩甲最初拜访时，她还是心怀雀跃的，毕竟汪恩甲仪表堂堂，很是让一票女同学艳羡不已。所以，那时她还曾为他亲手织过一件温暖牌的毛衣。只是，随着交往更密，她渐渐看出他身上纨绔子弟的坏习气，于是开始刻意跟他疏远。再后来，汪恩甲令她厌恶起来。那是因为最爱的祖父过世后，沉浸在悲伤之中不能自拔的萧红，无意间发现了汪恩甲在抽大烟。这让她觉得再无法忍受了。

渐渐地，这门婚事成了她的一块心病。她是一定要把这块心病医好的，唯一的办法是：解除婚约。

最终，在表哥陆哲舜的支持和爱护下，她开始要跟汪恩甲解除婚约。而陆哲舜为了坚定萧红反抗包办婚姻的决心，从哈尔滨法政大学退学，前往北平，就读于中国大学。

随后，萧红也离家出走，前往北平。

守旧的父亲，当然无法容忍女儿做出如此辱没家风的事情，在恼羞成怒、愤愤不已中将女儿的名字从家谱中剔除了。

自此，父与女之间那点浅薄的缘分，不复可循。

只可惜现实残酷，萧红和表哥两个人相互取暖的日子并不能长久。生计艰难，他们的荷包越来越瘪，最后到了无以支撑的地步。加之北平天冷、米贵，居大不易，陆哲舜渐生了悔意，两个人有了深深的分歧。

1931年1月寒假，陆哲舜做了萧红最不愿见到的选择：回家。

可再是百般不愿又如何，家里早断了她的银两，她唯有跟他回到东北。

人间世事，就是这般无奈。

这，也许就是人生。

接受快乐的同时，亦要接受苦痛。

只是，孽缘一场

汪恩甲在得知萧红即将返回东北的消息后，连忙赶到北平将她接回。

他还对萧红有着满满的好感，虽然萧红背叛他们曾经的婚约，但是在他看来，萧红不是因为爱上陆哲舜才逃离的，而是为了读书。并且，萧红和陆哲舜同住一个屋檐下都没有同居。这让他对萧红有了"高山仰止"般的另眼相待。

经历了跟随陆哲舜这个男人时的窘境之后，萧红突然觉得汪恩甲也是有他特殊的好处的。毕竟，他是自己合法的未婚夫，无论怎样相随都不会招来闲言碎语，竟然觉得他是可依靠的了。

于是，回到哈尔滨之后，她任由汪恩甲安排，在位于道外十六道街的东兴顺旅馆住下。此刻，离呼兰城近在咫尺，但她再也回不去了。从她迈出门的那刻起，那儿已成过往，只可追忆，不可再真实地触碰了。适逢春节将近，大街小巷是这样的热闹，可是跟着汪恩甲走在大街上的萧红却感觉到那样的荒凉及冰寒。

也许，他始终无法释怀萧红对婚约的叛逃吧。何况，他还蛮心仪她。得不到即失去，这样的结果他无法承受。于是，借着这样的机会，他必须要先实现自己的得到。因而为了达到和萧红同居的目的，他便违心地答应了萧红的所有要求。

事实上，他无法兑现任何承诺。

要知道，他是多么软弱无骨，散漫浮夸，懦弱无能。

只可怜了萧红，带着对未来的美好憧憬，和他在旅馆里度过了一段所谓夫唱妇和的日子。她满心以为自己已经将汪恩甲说服，不久就可以和他一起去她喜欢的北平上学。可是，她还太年少，涉世不深，并不知道这世间事素来险恶，任何人都可能成为人生里的孽障。

这也是存于人心中的孽障，真是可恨之极。

可是，谁又能将其从生命里一扫而光呢。掐指神算、段位很高的白素贞都不能，何况是弱小女子的萧红呢。

萧红当初一定是认为经过这么多的事情之后，仍还爱着自己的

萧红（右二）和友人

男人资质定是不坏的，还天真地以为靠自己的力量，可以将这个有些堕落、有点庸俗的男人改造得积极而有担当。只是，熟读诗书的她，竟是忘了"秉性难移"这句话。

接下来的时日，这个男人带给她灾难般的打击。

在她和汪恩甲同居不久后，汪恩甲的哥哥汪大澄便听闻弟弟将萧红从北平接回，并在旅馆里同居的事，他大怒，大骂汪恩甲是个懦弱无能、辱没家门的家伙，只因碍着情面没有亲自找上门去将汪恩甲拉回来。不过，他采取了最有效的方式，果断地切断了汪恩甲的经济供给。没钱的汪恩甲不得不亲自回家取钱。这样，汪大澄就趁机将他扣留在家中。

此时萧红还未曾想到她和汪恩甲的婚事会成为泡影，亦没想到现在已不是自己是否愿嫁的问题，而是汪家是否愿娶的问题。她还没有意识到自己的出走，已致使自己高贵的身价被贬低至谷底，成为公众唾弃、道德讨伐的对象。

她只是见回家取钱的汪恩甲一直未曾返回，于是亲自去了汪家。如此便遭遇了难堪，她被汪母和汪妹一起骂了出来，临了汪大澄还站在门口严厉地警告萧红，一定要和汪恩甲解除婚约。这当儿，汪恩甲挣扎着逃出家门要和萧红一起离开，却被一家人硬生生拉了回去。

受了如此大辱，性子急的萧红自是无法吞声忍受。

第二天，她便找来律师拟好一纸诉状，控告汪大澄代弟休妻。

对簿公堂时，父亲与张家的人也来壮势了。毕竟是有头有脸的大户人家，虽然极其痛恨萧红叛逃婚约的行为，但是这次关系到家族名誉，只得先忽略不提，他们纷纷赶来参加庭审。萧红的父亲张廷举当然也来了。另外，萧红还打电话给一些同学，让他们来助威。

庭审进行中，眼看汪大澄就要败诉了，这时汪恩甲突然松口，承认是自己愿意解除婚约的，跟哥哥汪大澄半点关系都没有。

如此，官司以萧红败诉告终。

张氏家族的人，都愤愤离席而去。

离席后，汪恩甲一再向萧红解释，刚刚说的解除婚约的话不算数，他是迫于形势才这么做的，本意并非如此。可是，此举给萧红造成的伤害，怎是一两句轻飘飘的话就可以化解的？

最后，萧红难遏盛怒，决绝地离开了他。

一场情缘，悄然而来

萧红的悲惨境遇还没结束。哈尔滨漫长而严酷的冬天，还在继续。每一日，都会在大街上发现冻死的乞丐和流浪者。

而萧红，还没有找到一处安稳的住所，她还在四处流浪，四处寻找依靠。

"九一八"事变后，整个东北的凶险局势更是恶化，齐齐哈尔沦陷，日军开始集结大量兵力进军哈尔滨。严峻形势下，各大学校都提前放假。除却严寒，萧红还要面对时局恶劣带来的生存压力。

她，已没了退路。

当夜深找亲戚，敲门不开，找熟人，亦如此后，无奈之下，她去投奔了堂妹张秀琴和张秀珉。彼时，姐妹俩正在东特女二中读书。姐妹俩不仅把自己的衣物、被褥匀给了她用，还特意征求校方同意，让她插班进高中一年级。

只是，没过几天，她竟然不辞而别。

原来是汪恩甲专门来学校找她。在她流浪了一个多月后。

此际，汪恩甲还未从在法庭上违心做证的歉疚中走出来。所以，当面对困境中的萧红时，他很男儿也很仗义地背着家人要来照顾她。

那年11月中旬，他们二人再次住进位于哈尔滨道外区正阳十六道街的东兴顺旅馆。

由于萧红和汪恩甲都是大户人家的子女，有钱亦有背景，加之时局动荡住宿业极不好做。所以，东兴顺旅馆的老板对他们十分宽容，他们的住宿、饮食开销都是挂在账单上的，甚至有时汪恩甲还向旅馆老板借钱来满足他们的日常花费。

短暂的时日里，汪恩甲算是给了萧红暂时的衣食无忧，并且让她躲过了那个严冬。可是，他身上的庸俗和恶习依旧在，因为看不到前途和出路，萧红陷入无边的精神苦闷中。这还不要紧，最糟糕的是他们在旅馆困居半年多，已经欠下食宿费400多元。东兴顺老板虽知他们家底厚，也不愿意再让他们无限挂单下去，开始向他们催逼债务了。

某一天，汪恩甲对萧红说回家拿钱还债，从此一去杳无音信，如同人间蒸发一般。

而此时，萧红已是身怀六甲的孕妇。这是多么的悲凉。

旅馆老板不再等汪恩甲的归来，而是直接将她作为人质扣押起来，并将她从客房赶到二楼楼道尽头一间霉气冲天的储藏室内，还派人将她监视起来。有着特殊社会背景的旅馆老板，决定再等一段时间，如果汪恩甲再不出现，他就要将萧红卖进哈尔滨道外的一家叫"圈儿楼"的妓院抵押还债。

如此境遇，真是可怕至极。

真希望，那一生，萧红从未遇到过这个人，从未与他有过任何交集。

萧红与萧军

他终究再没出现。大着肚子的萧红不能坐以待毙，急中生智投书《国际协报》求助。她曾给该报投稿，虽未被采用，但副刊编辑裴馨园对她有印象。裴馨园立刻与同事去旅馆探望，并警告旅店老板不得为非作歹。但无钱的裴馨园，真的再无救助之策，在萧红的催促下无奈委托正在协助自己处理稿件的萧军去探望她。

一场情缘早已注定。

人们都说，痛苦无助的女人最需要倾诉。

那际在痛苦挣扎、无助至极的萧红，亦如是。

因此，在他们初相见的那一天，萧红毫无保留地将自己的遭遇和苦难，一一倾诉于萧军。仿佛只有这样，才能将身体里的痛苦减轻一点。

萧军听完了她的诉说，对萧红产生了惺惺相惜之感。他深深觉得，这个苦难中的女人有如水晶，有着通透的纯净，而自己在她面前亦如是。

他们在短暂得不能再短暂的时间里，将彼此的心紧密地连接在一起，灵犀相通，如同连体之人一般。分别前，两个惺惺相惜的人将手握在了一起。

文学史册上，"二萧"的狂恋就此拉开了序幕。

由此，萧红笔下尽现热恋时的妩媚之气，譬如她写的《春曲》，专写热恋时的眉开眼笑、缠绵悱恻。

"只有爱的踟蹰美丽，三郎，我并不是残忍，只喜欢看你立起来又坐下，坐下又立起，这其间，正有说不出的风月。"

在困厄中遇见给她希望的他，她是心生万般欢喜的，正所谓情到浓时，万般皆好，好到不讲道理，犹如捏了万花筒，怎么看都只觉欢喜。

一场天降的大雨，拯救了困于旅店的萧红，也拯救了他们的爱情。

趁雨快淹没了旅店，趁旅店老板逃命的当口，萧红乘坐一条路过的小船逃了出来，而萧军亦在焦急中借到一艘小船赶来，尽管扑了空，终还是在裴家逢着了萧红。

只是，萧军虽然大义凛然，但却活得捉襟见肘。以他每月20元收入的境况，并不能给怀孕的萧红以安稳。因为身无分文，萧红住院、生产都经了一番曲折，好不容易女儿生下来了，却因无钱亦因心冷，没几天就送给了公园的临时看门人。起初，他们是吃住在裴馨园家，时日久了，加之萧红生产后少了令人同情的理由，裴馨园的妻与母渐生不满。终在某一天，萧军与裴妻激烈争吵后，他们无奈地搬出来了。

萧军自然不能再跟着裴馨园当助理编辑，每月的固定收入也没有了，他们那时真是穷困潦倒到极致，并且无家可归。后来萧军谋到教武术的工作，学生家住商市街，同意提供住处，两人总算有了栖身之所。

危难之际，有幸邂逅萧军。萧红的悲惨境遇得以改变，并且还收获了来自萧军的真切而温暖的爱情慰藉。另外，萧红的文学道路的实现亦跟萧军有关。作为女子，这些该有的幸事都由萧军一个人给予。因此，后人亦说若没有萧军，应该就没有日后的作家萧红了。

可是，萧军给予了她温情和幸福，却也让她时刻品尝着爱情的酸苦。

时日久长，他们之间的性格差异导致摩擦渐多。更有甚者，萧军早就秉持"爱便爱，不爱便丢开"的爱情哲学。这爱情哲学，在个性粗狂的萧军看来未有什么不妥。可是对于萧红，他是她的唯一，她视他如生命。因此，萧红感受到了最痛苦的情伤。

两人同居五年多，他在感情上旁逸斜出、东鳞西爪地留情，每次都戳得萧红流血、战栗。他们经常为此争吵，然而脾气暴烈的萧军并未意识到有任何不妥，反而由此对萧红反感至极，有时竟将萧红打得鼻青脸肿。

感情里的伤害，让萧红觉得自己已是千疮百孔，心变得苍老了。爱情，应该是在那时幻灭破碎的吧。

是的，在她和萧军的爱情里，他的爱只关乎自己，无关其他。事实上，有多少人的爱情不是这样？你爱了人，那个人爱你如唯一，你便是有幸的，不爱你如唯一，你又能奈何！

为何爱情叫人生死相许，不可自控？

烟花易冷，爱情里亦如是。

她想要的，只是暖情的寻常日子

在爱情里煎熬的萧红，亦是幸运的。

那际，他们因时局乱动来到了上海，而有缘结识鲁迅，并因着鲁迅的关怀，二人在文坛站稳了脚跟。他们不必再忧心衣食了。萧红更是在1935年底出版了让她被赞誉之声包围的《生死场》。然而她为情所困，即便掌声雷鸣又如何，凄凉酸楚也只能自己独咽。

她有时徘徊街头，也常去鲁迅家，身体很差，并早生了华发。

1936年7月，感情变淡的两人决定暂时分开一年。

然而，距离更加深了他们之间的裂缝。萧红一去日本，更是孤寂无聊，几番生病，又抽上了香烟。对萧军的思念亦深，长久地浸在如蛇缠绕的想念中。只是，萧军并非如她这般，他很快跟萧红初到日本之际同住的好友许粤华有了新恋情。这一次萧红的心被伤得彻底，她生出万般的落寞绝望，写下"我的胸中积满了沙石""烦恼相同原野上的青草，生遍我的全身了"这般森冷的句子。

尽管萧军和许粤华因为道义有亏而没能真正在一起，回到上海的萧红却无法原谅他们。她身心的创痕已深，心情糟糕至极。这样的她也让萧军生了深深的厌倦感，他觉得萧红"如今很少能够不带醋味说话了，为了吃醋，她可以毁灭了一切的同情"！对这段感情，他也感到幻灭，觉得萧红跟寻常女人到底并无两样了。

爱情里，一旦生了厌，就无法长久了。

那时，他们和许粤华一起到了武汉，并结识了因长篇小说《科尔沁旗草原》颇受文坛瞩目的端木蕻良。他们四人曾像兄弟姐妹般亲密，端木起初没有住处，还跟萧红夫妇同床挤过一晚。

曾就读于清华历史系的端木蕻良，斯文秀气，跟粗犷豪放的萧军个性迥异。他对萧红亦好，更有深深的仰慕，加之那时的萧军经常贬抑萧红，所以萧红对端木渐生好感，曾在他桌上写下"恨不相逢未嫁时"，并几次念给他听。

这个为爱而生的女子，再次成了爱情的奴隶，为了爱端木蕻良，她果断地跟萧军分了手，尽管此刻她肚子里已怀上了萧军的孩子。到底是日子久了，见多了冷酷及无情，情缘再难继续。

1938年6月，她和端木蕻良回武汉举办了婚礼。

在汉口大同酒家，萧红怀着萧军的孩子，嫁给了端木蕻良。然而，他们的婚礼并没有得到多少祝福。大家对"两萧"的离异感到惋惜，并且大多数朋友都谴责端木为第三者。

在结婚之前，萧红曾对聂绀弩说过，端木是个胆小鬼、势利鬼、马屁鬼，一天到晚都在那里装腔作势。即便是这样的人，她还是选择跟他在一起，只因，在兜兜转转中，她明白了自己这一生所要的只是暖情、平凡的日常人家生活。

那个写尽奇情故事的李碧华曾森然写过："一个女子，无论长得多美丽，前途多灿烂，要不成了皇后，要不成了名妓，要不成了一个才气横溢的词人……她们的一生都不太快乐。不比一个平凡的女子快乐：只成了人妻……"

这话，仿佛要穿越了去说给那时的萧红听。

只是，这一次的萧红也未能如愿做个平凡快乐的人妻。

时间最能验证两个人的感情，渐渐地两个人性格上的差异显现出来。

萧红在相处之中，发觉了两人的个性差异带来的坏感觉。他们都感到失落与幻灭，婚姻生活因这样的失落和幻灭而失去了平凡之美，剩下的尽是怨尤了。萧红尽管非常倔强和勇敢，但是她依然渴望丈夫的呵护与温存。可是，端木因从小就受到家人的照拂和溺爱，更为需要依赖对方，生活能力也很差，更不懂得如何关爱呵护妻子，反过来常常要萧红为他操心受累。

这样的端木，是给不了她安稳的。

人说，女子若是逢着一个不体己贴心的男子，便是顶顶不幸的事。看萧红遇见的男子，即知这话里的道理。

在和端木生活了一段时间后，她说："我好像命定要一个人走路似的……"她与他结合，本是要过平凡人的生活，只可惜他似不食烟火而懦弱的人。

时局动乱，他们逃到远离战火的香港，这里虽然海阔水清，鸟鸣花媚，她却难解孤独、抑郁之感。她的身体状况愈加糟糕，肺结核也越来越严重，她心里更多了不安，每次端木出门，她都担心自己被遗弃而心生绝望，等到他回来才能心情平复。

在惶恐中，她又开始转向另一个男人，将其当作自己的救命稻草。这个男人是她弟弟的朋友，小她六岁的东北作家骆宾基。骆宾基受过端木的帮助，于是答应留下照顾病中的她。怯弱的端木因此得以脱身。

年轻的骆宾基断是无法爱上病入膏肓、神经质的女作家的，他只是情非得已地照顾她。他曾这样忿忿地写道：

"从一九四一年十二月八日太平洋战争开始爆发的次日夜晚，由作者护送萧红先生进入香港思豪大酒店五楼以后，原属萧红的同居者对我来说是不告而别。从此之后，直到逝世为止，萧红再也没有什么所谓可称'终身伴侣'的人在身旁了。而与病者同生死共患难的护理责任就转移到作为友人的作者的肩上再也不得脱身了。"

文字里尽是他对端木的不负责任的愤怒。

想来，她于凄凉的一生，一直在寻找一个可以依赖的男人，然而终不可得。

萧红（右一）、萧军（右二）和友人

尾语

1942年，她终因逢着一个庸医误施手术而逝去。

死前，她亲笔写下自己的心情："我将与蓝天碧水永处，留得半部'红楼'给别人写了……半生尽遭白眼、冷遇，身先死，不甘、不甘！"

这样的人生，于她而言至为遗憾与不甘。可是，乱世中人有几个能无憾地离开呢？

十年漂泊，北国的那个呼兰小城是她的起点，南方的这座东方之珠则是她的终点。她走了，带着深深的不甘走了。

她的生命终结在战争的硝烟中，从此曾经爱过她的两个男子——萧军和端木，一生都会生活在失去她的阴影里。

是否，这样的人生并非她想要？

　　红尘大梦，浮世成伤。她传奇的一生，还是用戴望舒给她写的
那首诗作结最好：

> 走六小时寂寞的长途，
> 到你头边放一束红山茶，
> 我等待着，长夜漫漫，
> 你却卧听着海涛闲话。

杨绛

她是这喧嚣躁动时代一剂温润的慰藉良方。

丰盈、清朗、坚忍的她，让人看到活着真有希望，可以那么好。

她是最贤的妻、最才的女，

绝代风华、淡泊如水、安之若素，优雅一生！

一百年漫长岁月里，她经历过硝烟四起，亦经历过颠沛流离，更见过这世间黑暗不公。

然而，她始终可在变数里泰然伫立，从不做媚世之态，亦不被俗世所扰，

一生只沉浸在文字里，成为这世上鲜少被尊称为"先生"的女性。

她就是千万人的榜样杨绛先生。

仙童好静

生于1911年7月的杨绛，本名杨季康。

杨家世居无锡，是当地一个有名的书香世家。父亲杨荫杭，曾是江苏最早从事反清革命运动的人物，后成为上海鼎鼎有名的大律师。在那个世道秉公执法、不畏权贵，清廉的杨父深受人们的敬佩。

这样的家世背景，是可养出一个清雅的女子。

杨绛出生时，是辛亥革命的前夕。那时父亲刚刚从美国留学归来，到了北京一所政法学校教书。那一年7月17日，她出生在北京。父亲为她取名季康，小名唤作阿季。

据说，她出生时就爱笑，家里人喂她冰激凌，她甜得开心，小嘴被冻成"绛"紫色了还笑个不停。或许获得"绛"这个字作为之后的名字，是有着命定的缘分，在后来的日子里，兄弟姐妹竟皆因为懒得叫"季康"俩字而缩减成了"绛"音。

后来，她便在自己创作的剧本上演时，正式为自己取笔名"杨绛"了。

事实上，她虽生于旧时，却从不是一个旧式的人。

从小，她就是个调皮开放的孩子，读的是"文白掺杂"的课文，"掐琴"、跳绳、拍皮球样样玩得好，更曾装睡偷看修女姆姆头上戴几顶帽子。

父亲亦给了她新式的思想。她虽生在清末，但作为同盟会成员的父亲在为她庆祝一周岁生日时，认定"满清既已推翻，就不该再用阴历"，因此她从来都只过阳历生日。

自小聪慧的她，真是深得父亲的钟爱，尽管在诸多姐妹里她个头最矮，却最为聪明，所以爱猫的父亲亲昵地戏称她为"矮脚猫"，所有宠溺全在这昵称里了。

也是，8岁回无锡，9岁到上海读小学，12岁进入苏州振华女中的她，从来都是学业优良的。她亦深得父亲的欢心，在父亲的教导下，她开始迷恋书里的奇妙世界，是中英文书皆可拿来细"啃"的，读书很早就成了她最大的爱好。某一次，她和父亲有了一段"志趣相投"的对话，父亲问她："阿季，三天不让你看书，你怎么样？"她说："不好过。""一星期不让你看呢？"她答："一星期都白活了。"说完他们父女会心地对视一笑。

即便在英才济济的东吴大学，她也是鼎鼎大名的才女——中英文俱佳，东吴大学1928年英文级史、1929年中文级史，皆由她"操刀"。另外，她还擅乐器，弹得一手好月琴，吹得一首好箫声，还工于婉约旖旎的昆曲。她还非常好学，相信学无止境，主动自修一些学科。她自修法文，习得一口后来连清华教授梁宗岱都称赞不已的法语。

在求学期间，有老师曾给她这样的批语——"仙童好静"。

杨绛先生

爱情的美好

1928年，杨绛17岁。

她高中毕业了，本一心一意要报考清华大学外文系，谁知那一年清华大学虽开始招收女生，却在南方没有名额。无奈之下她选择了苏州的东吴大学。

或许，缘分正在于此。

1932年初，东吴大学因为学潮而停课。该读大四的杨绛，为了顺利完成学业，毅然北上京华，于清华大学借读。就此，她终于圆了上清华的梦。为了到清华，她还放弃了美国韦尔斯利女子大学的奖学金。

可是，用她母亲的话说却是："阿季脚上拴着月下老人的红丝呢！"

不得不说，冥冥之中，正好似他和她之间的那个缘分召唤着她姗姗而来的。

很快，在3月的某一天，幽香袭人的古月堂前，她和他相遇了。看似偶然，实则是必然。他们这一生，注定是要见到彼此的，只不过是时间问题罢了。那一天的他，穿青布大褂，踩一双毛布底鞋，戴一副老式眼镜，目光炯炯有神，谈吐机智幽默，满身浸润着儒雅气质。那一天的她，优雅知性，若馨香馥郁的花儿，开在了他的心间。

如果相信人有前世今生，那一定会将这样的爱情归类为"命中注定"。他们只是在那古月堂门口偶然相遇，便皆觉对方是那个自己要找的人。她是觉得他眉宇间有一种"蔚然深秀"之气，看着便入了迷；他则被她那如水的眸、似花的红颊所吸引。而她身上那种清新脱俗的气质，更令他久久无法忘记。他为此写下了

"缬眼容光忆见初，蔷薇新瓣浸醍醐"这样美丽的文字，以疏散心中满溢的激动。

就此，他们这一段旷世情缘便如明月朗朗，上演于世间。

他们一见如故，仿似故友，侃侃而谈。忘了时间，忘了他人，他们分别迫切地澄清关于自己的绯闻。他说："外界传说我已经订婚，这不是事实，请你不要相信。"她亦说："坊间传闻追求我的男孩子有孔门弟子'七十二人'之多，也有人说费孝通是我的男朋友，这也不是事实。"

就这样，他们彼此如此明显地暗示着那份真心意。

这种一见钟情的场景，被后人谈起也自是一个欢喜的故事。

他们恋爱了，如胶似漆。

约会、通信这些寻常的恋爱桥段，自然是有的。但最撩拨人心的，还数文采斐然的他写就的那一封封滚烫的情书。她那颗芳心，遂在这些撩人心弦的文字里融化了，如雪，如水，如露滴，直至最后完全和他的心融为一体。

恰巧的是，在那个世俗的年代里，他们的爱情亦通得过各种俗世的标准考验。他们门当户对，父母皆是江南声名显赫的才子名士；他们才学相当，互为彼此的心灵知己。

因此，他们的恋情，无人反对，皆是祝福、羡慕。

1935年，他们步入了婚姻的殿堂。

溯源起来，他们这段缘分早在1919年即已注定。那时，她的父亲杨荫杭和他的父亲钱基博，都是无锡本地的名士，因此两家交情也不浅。那一年，8岁的她曾随父母到他家做过客。只不过当时年纪小，他们都记不得彼此罢了。不过，或许正是这段过往开启了他们的"前缘"。

然而，在他们的故事里，我始终记得的是他发愿的那句"从今以后，咱们只有死别，不再生离"。

荡气回肠中，让无数人备觉爱情的美好。

天造地设的一对璧人

他们的婚礼，是在苏州庙堂巷杨府举行的。

多年后，杨绛还在文中甜蜜幽默地写道："（《围城》里）结婚穿黑色礼服、白硬领圈给汗水浸得又黄又软的那位新郎，不是别人，正是锺书自己。因为我们结婚的黄道吉日是一年里最热的日子。我们的结婚照上，新人、伴娘、提花篮的女孩子、提纱的男孩子，一个个都像刚被警察拿获的扒手。"

婚后的他俩，真是"琴瑟和弦，鸾凤和鸣"，成为千万人艳羡的一对。

有人曾言，他们一个"如英气流动之雄剑，常常出匣自鸣，语惊天下"，一个"如青光含藏之雌剑，大智若愚，不显锋刃"。

真是天造地设的一对璧人。

他们的婚姻生活，绝不是钱锺书那部经典至极的《围城》里写的那样。某些时候，他们相处的画面，像极了才女李清照和夫君赵明诚的那段"赌书消得泼茶香"的美好时光。诚然，在最美的时光里，有最美的人相伴，岁月自是美好得令人向往。

不久，他们一同去了英国。只因钱锺书考取了"庚子赔款奖学金"，要到牛津读书，不愿意和丈夫分开的杨绛女士，便毫不犹豫地中断了清华的学业，与之同往。

异乡的生活虽然很苦，却让世人看到了他们生活里更多的美好瞬间。

初到牛津，她因不习惯异国的生活，心生乡愁。一向笨手笨脚的他，为缓解她的这种不适，便在某一天的早上，趁她还在睡梦中，起身到厨房做早餐去了。他是想用最温暖的方式来温润她一颗思乡的心。早餐很是丰盛，有煮鸡蛋、烤面包、热牛奶，还有醇香的红茶。他亦是体贴至极的丈夫，不仅做了丰盛的早餐，还细心地把一张用餐小桌支在床上，把美味放在上面后，才将犹在睡梦中的她叫醒。

当她坐在床上享用完这顿充满着爱意的早餐，忍不住幸福地对他说："这是我吃过的最香的早饭。"这真是最美的情话，听得他笑意盈然，欢喜满溢在心间。

爱的美好瞬间，还有无数个。

比如，他们展开读书竞赛，像曾经的李清照和赵明诚一般，比谁读的书多。通常，两人所读的册数是不相上下的，但比赛过程还是妙趣横生。于读读写写、嬉嬉闹闹之间，日子从指缝间悄然轻快地溜走，留下无数悠然意趣，如何不让世人羡煞！

不久，杨绛怀孕了，这可把钱锺书高兴坏了。他开始学做家务，为的是能多分担一些，让杨绛好好养身体。他的欢喜，亦时刻流露出来，一日他竟如痴人一般对杨绛说："我不要儿子，我要女儿——只要一个，像你的。"

是有多爱，才能生这般的痴心呢！

杨绛对他亦好。满腹经纶的大才子，在生活上是出奇笨拙的，因而学习之余，她几乎将生活里的一切杂事都包揽下来。

她做饭做衣，修窗换灯，无所不会。

生女儿住院时，第一天，他到医院探望她，说：我打翻了墨水，弄脏了房东太太的桌布。第二天，说：台灯坏了。第三天，说：门轴两端的门球脱落了。而她则一律回答："不要紧。"果真，她出院回家后，桌布变白了，台灯、门轴通通修好了。

他如孩童一般，让自己放纵地沉溺在她这样的爱里。

他们相伴的63年间，她从未拿任何家务事去烦过他，有了麻烦，只要能解决掉的，皆不告诉他。她爱他，也包容他的缺点，从不试图去改变他。她的爱促使她只分享幸福给他，烦恼尽交付自己，因为深知分享幸福会获得双倍的甜蜜，而烦恼却并不会因两个人一起承担而变得更少，反而常常会徒增焦虑和争执。

世间有无数的爱情从童话走向现实，甜蜜变为怨恨、万劫不复，多是因为其中一方甚至双方，寄希望于永恒的快乐，于是抱怨暗生，争执亦多，直至走向破碎。聪慧的她，早已看透这些相处之道。

在爱情里，她始终清醒，珍惜当下！

最贤的妻，最才的女

女儿阿瑗出生时，钱锺书曾写就一阕"欢迎辞"：

"这是我的女儿，我喜欢的。"

不过，阿瑗的存在，并没有使得钱锺书对杨绛的爱少一丝一毫，反之，他更加珍爱她了。从阿瑗懂事后，每逢生日，他总要对阿瑗说，这是"母难之日"；他亦没再要第二个孩子，他对杨绛的解释是这样的："假如我们再生一个孩子，说不定比阿圆好，我们就要喜欢那个孩子了，那我们怎么对得起阿圆呢。"事实上，他是不忍杨绛再受生育的痛苦了。

阿瑗一岁左右的时候，他们仨一起回国。

他在清华谋得一教职，到昆明的西南联大教书，杨绛则留在了沦陷的上海。那一年，在老校长王季玉的力邀下，推托不过，她担任了母校振华女中上海分校的校长，这也是她生平唯一一次做"行政干部"，为期不过一年。素来，她自谦她不懂政治，然她却是东吴大学政治系毕业的高材生。

她不是不懂，是太不愿碰"政治"的是非，只想安安静静做他贤惠的妻。

事实上，她做得特别好。

抗战时期，日本人突然上门，却在她的泰然周旋下悻悻而归，因为她早在第一时间将钱锺书的手稿藏好。新中国成立后，她更亲自带着钱锺书主动拜访沈从文和张兆和，来弥合因钱锺书曾经写文讽刺沈从文收集假古董的隔阂。还有，她家的猫咪和林徽因家的猫咪打架，钱锺书欲拿起棍子为自家猫助威时，她连忙劝止说："打狗要看主人面，那么，打猫要看主妇面了。"

她的贤惠淑德、沉稳周到，成了痴气十足的钱锺书在社交上的一道润滑剂。

他们亦是一对事业上的好伴侣。

1943年5月，杨绛创作的话剧《称心如意》在金都大戏院一上演即一鸣惊人，她因此迅速走红。此际，钱锺书心中便有了小小的落差。某天，他对杨绛说："我想写一部长篇小说，你支持吗？"杨绛听后，欢喜不已，便催促他赶紧写。为了让他安心写作，她辞退了家里的女佣，包揽了所有家务。

昔日娇生惯养的富家小姐，就此修炼成任劳任怨的贤内助。她的父亲，因心疼她还曾不平地说："钱家倒很奢侈，我花这么多心血培养的女儿就给你们钱家当不要工钱的老妈子！"

钱锺书终不负所望，两年后，那部惊艳世人的《围城》成功问世。他一下变得世人皆知。他在《围城》的序中写道："这本书整整写了两年。两年里忧世伤生，屡想中止。由于杨绛女士不断的督促，替我挡了许多事，省出时间来，得以锱铢积累地写完。照例这本书该献给她……"

这一生一世里，最爱他的，最懂他的，始终是她。

在1946年出版短篇小说集《人·兽·鬼》时，他在自留的样书上为他贤惠的妻子写下了这样无以匹敌的情话："赠予杨季康，绝无仅有的结合了各不相容的三者：妻子、情人、朋友。"

他的母亲亦曾感慨道："笔杆摇得，锅铲握得，在家什么粗活都干，真是上得厅堂，下得厨房，入水能游，出水能跳，锺书痴人痴福。"

是啊，钱锺书这样的痴人，幸亏有杨绛这样的妻子，才能从容走过那些难捱的岁月；而杨绛则因有了钱锺书这样的爱人，生活中平添了很多的乐趣。

曾经，杨绛读到英国传记作家概括最理想婚姻的句子："我见到她之前，从未想到要结婚；我娶了她几十年，从未后悔娶她；也从未想要娶别的女人。"于是把它念给钱锺书听，钱当即回应："我和他一样。"杨绛答："我也一样。"

他们这爱情，享得起风花雪月，也经得起柴米油盐。

此生只爱一个人

他们回国后，多年都居无定所，漂泊时经历了相濡以沫、经历了相互扶持。直到1962年8月，他们一家三口才定居于面胡同新建的宿舍。

四个房间的居室，加一个阳台，他们终于有了一个舒适的家。在这里，他们朴素、单纯、馨美如饴地度过每一个相守在一起的美好日子，各自做自己力所能及的事……

杨绛一家合照

只是，时光静静流逝，再美好的故事也总有那谢幕的一天。

1994年，钱锺书住进医院，自此缠绵病榻。不久，女儿钱瑗也病重住院，住在与父亲相隔大半个北京城的医院。时年80多岁的杨绛就来回奔波于他们两处，异常辛苦。

阿瑗终没抵住病魔，离开了人世。

人生相聚有之，分离亦有之，如同天命，再伤悲也是要承受的。杨绛自是知晓这其中之味，所以在阿瑗去世、钱锺书还重病卧床之际，她以80多岁高龄，怀揣着丧女之痛，仍坚持每天去医院探望钱锺书，伤痛在心，却无一丝一毫外露，还百般劝慰钱锺书，并亲自做饭带给他吃。

她如同过往，依旧坚强地支撑起这个失去爱女的破碎之家。

她说："锺书病中，我只求比他多活一年。照顾人，男不如女。我尽力保养自己，争求'夫在先，妻在后'，错了次序就糟糕了。"

怪不得，无数文人羡慕他们的爱情，感叹他们——不仅有碧桃花下、新月如钩的浪漫，更有两人心有灵犀的默契与坚守。于我，更觉他们的深情，是那岁月里的静水流深，生生不息。

1998年，88岁的钱锺书逝去。风雨半个世纪，他就此永远离开了她。

四年后，她写了一本感人至深的散文集来追忆和他的那些日子，取名《我们仨》。开篇，她写她做的一个梦，她梦见"我和锺书一同散步，说说笑笑，走到了不知什么地方。太阳已经下山，黄昏薄暮，苍苍茫茫中，忽然锺书不见了。我四顾寻找，不见他的影踪。我喊他，没人应"。后来她把梦告诉钱锺书，埋怨钱锺书不等她，钱锺书安慰说："那是老人的梦，他也常做。"

可见，她对他是有多不舍。

她在书中亦写："他已骨瘦如柴，我也老态龙钟。他没有力量说话，还强睁着眼睛招待我。我忽然想到第一次船上相会时，他问我还做梦不做。我这时明白了。我曾做过一个小梦，怪他一声不响地忽然走了。他现在故意慢慢儿走，让我一程一程送，尽量多聚聚，把一个小梦拉成一个万里长梦。这我愿意。送一程，说一声再见，又能见到一面。离别拉得长，是增加痛苦还是减少痛苦呢？我算不清。但是我陪他走得愈远，愈怕从此不见。"

这是她给他写下的最催泪的情话。

暮年时，他们都穿黑色的衣裳，戴黑色框的眼镜，白发熠熠，一起捧书阅读的样子，那么安详、静美，满含着温情。

他们二人，一生只做好一件事，此生只深爱一个人。

尾语

钱锺书去世后，她在家中著书、译书，并整理丈夫的遗作。

她的生活，归于她曾写过的《隐身衣》的状态：她和钱锺书最想要的"仙家法宝"莫过是"隐身衣"，就此可隐于世事喧哗之外，陶陶然专心治学。

他离去，她就此过了这"隐身"的生活，低调至极，几近与外界繁华隔离。

她饮食清淡，习惯每日早晨散步，或做功，或低吟浅咏，高龄后，改为在家中慢走，直到最后的几年她还能弯腰用手碰到地面，腿脚也很灵活。她这人人羡慕不已的养生秘诀，更多的还是来自内心的安宁和淡泊。

她亦洞明世态，不然不会有那些内省的文字。

她在《我们仨》中写道：

"人间没有单纯的快乐。快乐总夹带着烦恼和忧虑。人间也没有永远。我们一生坎坷，暮年才有了一个可以安顿的居处。但老病相催，我们在人生道路上已走到尽头了。

"一九九七年早春，阿瑗去世。一九九八年岁末，锺书去世。我们三人就此失散了。就这么轻易地失散了。

"'世间好物不坚牢，彩云易散琉璃脆。'现在，只剩下了我一人。我清醒地看到以前当作'我们家'的寓所，只是旅途上的客

晚年的杨绛先生

栈而已。"

所以，她在三里河的寓所，一直是白墙与水泥地，她却将高达72万元的稿费，以一家三口的名义全部捐赠给母校清华大学，设立了"好读书"奖学金。90岁寿辰之际，她为"避寿"还专门躲进清华大学招待所住了几日。

为保持"内心的自由，内心的平静"，她不纠结，淡泊而从容。一如她翻译的兰德那首著名的诗："我和谁都不争，和谁争我都不屑；我爱大自然，其次就是艺术；我双手烤着生命之火取暖；火萎了，我也准备走了。"

她，是一早就借着这诗写下了自己无声的心语。

在百岁寿辰时，她曾感言："我今年一百岁，已经走到了人生的边缘，我无法确知自己还能往前走多远，寿命是不由自主的，但我很清楚我快'回家'了。我得洗净这一百年沾染的污秽回家。"

一百年的岁月风尘，未曾掩藏得了她的风华，她的安宁及淡泊让她在这个喧嚣躁动的时代，成了一代人温润的慰藉。

而后，她真离去"回家"，享年105岁。

世人皆一片痛惜之声，而我知道在人们心间，她始终若初生婴儿一般纯真美丽！

优雅、淡泊，成了她一生的代名词。

潘素

这世间，纯素一地的洁白

1915 年 — 1992 年

她的人生，如章回小说，
起伏有之，高潮亦有之。
从名妓到名媛，
传奇的她，被世人传说了近半个世纪。

她，本系出名门

20世纪30年代的上海滩，是个纸醉金迷地方。

彼时，弹得一手好琵琶，能歌善舞、琴棋书画皆精的她，被称为"潘妃"。只是，她的身份是妓院的歌女，艳帜高张、红透当时的上海滩。

著名文人董桥，曾有文描写她的如花美貌："亭亭然玉立在一瓶寒梅旁边，长长的黑旗袍和长长的耳坠子衬出温柔的民国风韵：流苏帐暖，春光宛转……几乎听得到她细声说着带点吴音的北京话。"

她，本是苏州名门之后。

1915年，她出生于苏州，原名潘白琴，乃前清状元、官至宰相、"苏州三杰"之一潘世恩的后代。

可惜，潘家也落入了富不过三代的怪圈，到了父亲潘智合这代，潘家就大不如前了。潘智合还是个十足的纨绔子弟，他游手好闲，将家产挥霍得一干二净。

所幸她的母亲亦出身名门，知书明理，且知晓学识对一个女孩的重要性，于是为她聘请名师，促其工女红，习音律，学绘画。为她成为名媛，铺设了一条锦绣之路。

只是，天意弄人。

可惜，在母亲的特别关爱栽培下，她尚且才华未露、花未绽放，母亲就不幸病逝了。

那一年，她仅13岁。

未成年，懵懂之际，世界就陷入一片混沌黑暗之中。

不久，父亲娶了继母。继母看她百般不顺眼，竟然给了她一把琴，恶毒地将她卖入妓院。

豆蔻年华，就这样不幸沦落风尘之地。

毕竟不是小户人家的女儿，自小练就的本领，很快让她崭露头角，如同一株空谷幽兰旖旎绽放。弹得一手好琵琶，犹如秦淮八艳之一的陈圆圆，是"每一登场，花明雪艳，独出冠时，观者魂断"。

她，成了彼时上海滩最红的花魁。

她的丽质天成，摇曳若花，使得一众军阀、黑帮、权贵都围绕在身边，一时风光无限。她却深知自己不过是风尘里的一枝花，以色事人而已。盛名之下，犹处黑洞，无一处可安放自身。

她迎来送往里，只觉是暗无天日的日复一日。

时常她凭阑而眺，愿遇到一个良人，赎她出火海，过柴米油盐的烟火日子。但她亦知这对于风尘女子来说是多大的奢望。不过，她依然是乐观、坚强的，母亲从小给予她的教诲，可以抚慰她，亦可以给她力量。

就这样，她在鱼龙混杂的上海滩欢场里，在凉薄的戚戚浮生里进退自如。

只在心里，她一直渴念着人间烟火的正常日子。

潘素照片合集

金风玉露，一相逢

那一年，"民国四公子"之一的张伯驹来到繁花似锦的上海。

张伯驹，父亲乃清朝最后一任直隶总督张镇芳。当年，张镇芳不仅是清末大官，还是一名富商。中国四大银行之一的盐业银行，就是他创办的。

所谓"锦衣玉食"说的就是张伯驹这般，不过，他自己亦聪慧。查史料可知，他7岁入私塾，9岁即可写诗作词，素有"神童"之称。后来，他因着自己的才学及家世，被列为"民国四公子"之一。

只是，官宦世家出身的他见惯了政治的残酷，转而寄情诗词歌赋，对琴棋书画、京剧等传统文艺如痴如醉，对政坛要职意兴阑珊。因此，他成了"中国现代最后的名士"。

曾有人描述那时的他："面庞白皙，身材颀长，肃立在那里，平静如水，清淡如云，举手投足间，不沾一丝一毫的烟火气。"

"陌上人如玉，公子世无双"，正似他这般。

如此清风朗月的他，彼时任盐业银行总稽核，到上海来查账。实际上，这个差事于他是虚衔，爱好书画收藏、京剧、诗词的他，骨子里是个浪漫的文人，是不食人间烟火的文艺人，所以他并不管事，只是来做个样子。

他到达上海的第一天，就来到了欢场。

潘素，恰在那处迎客，于是，眼波流转里，两人就此情愫暗生，仿若"金风玉露一相逢，便胜却人间无数"。

翦水双眸，深情脉脉。面对如此良辰美景，他挥笔写就一联"潘步掌中轻，十里香尘生罗袜；妃弹塞上曲，千秋胡语入琵琶"。从此，他笔下风花雪月的诗词就只与她有关，他亦只对她一

民国佳人潘素（右）
「民国四公子」之一张伯驹（左）

个人有情。

有生岁月，她就这么逢着了她的良人。

从此，可执手，可白首。

彼时，她18岁，他已35岁，且有妻妾三房，可那又如何？他是如此温润如玉的人，给她安慰，亦给她爱情。她是拼了余生都要对他好，爱他，给他柔情的。

这样的两人，就此陷入你依我依、蜜意胶着的爱情里。

只是，他们的爱情惹怒了一个人。

原来在他之前，臧卓已和潘素有了婚约。臧卓乃国民党中将，金钱权势皆有。一怒之下他便将潘素软禁在上海西藏路的一品香大旅社里。情痴似他张伯驹，竟然托朋友买通了守在酒店门外的卫兵，将她带走。

月黑风高，他们这一对私奔的人儿，火速离开。

不久，在苏州，张伯驹终迎娶了他最心爱的人——潘素。洞房花烛夜，她褪去礼服，现出一身洁白素衣。他惊奇地问道："大喜之日，何着素装？"

她幽幽答曰："洁白如素，是我的本色啊！"

是的，红尘阡陌，幸而遇到你。从此她要将自己纯素的底色交付于他。

自此，万家灯火里，他们要做世间堪称神仙眷侣的夫妻，珠联璧合，琴瑟和鸣。

他的深懂，他的成全

遇到她之前，他并非专情的男子，三房妻妾之外，亦常游走烟花巷。然而，钟情于她之后，他心内再无别人。

她渐成他的唯一。

因为他要生活纯净，带着她拜访印光法师，皈依佛门。"慧起""慧素"，分别是印光法师给他们起的法号。

"慧素"成了她的字，"素"则成了她的名，从此世间再无"潘妃"，只有洗尽铅华，以素色示人的潘素。

某一天，他发现了她的绘画天分，惊为天人。他决意要学"明末四公子"之一的冒辟疆，将潘素培养成董小宛。于是，他请来名师教她习画。比如，朱德甫、汪孟舒、陶心如、祁井西、张孟嘉等名师，都在他的邀请之列。

正是在他的引荐下，潘素得以正式拜师朱德甫，专攻她爱的花鸟画，另跟汪孟舒、陶心如、祁井西、张孟嘉等名师学其所长，同时还跟著名学者夏仁虎学古文。

在大师们的点拨下，加之家藏名迹颇多，她亦勤奋用功，天资颇高的她画技迅速精进。

她的画艺之精，更折服了多位大师，彼时她与齐白石、何香凝、胡佩衡等名家均有笔墨往来。她亦曾和张大千合作，张大千对她的画是赞赏不已。文物鉴定家史树青，更曾为她的《溪山秋色图》题跋曰："慧素生平所作山水，极似南朝张僧繇而恪守谢赫六法论，真没骨家法也，此幅白云红树，在当代画家中罕见作者。"

她自己说过："几十年来，时无冬夏，处无南北，总是手不离笔，案不空纸，不知疲倦，终日沉浸在写生创作之中。"

日久年深，她成了独具风格的青绿山水画家。

她的画风独具一格，研习传统却不落窠臼，现代气息里又藏匿高古之意。她是青绿山水画风在近现代的革新者，而在青山绿水之中更藏着她的赤诚之心。

一如大家所说的画如其人，她的画满蕴的皆是她的内心。

比如，她画《云峰春江图》，"东风一样翠红新，绿水青山又可人"；她画《云峰秋色图》，"群峰绵密，层峦叠嶂""起伏顾盼，开合揖让，虚实相生"；她画《远江帆影》，扁舟几叶，峰峦重叠，"暮从碧山下，山月随人归"……

如此等等，所画皆笔触跌宕淡远，素雅空灵中透着温和、宁静的调子。

这样的她，让诗词书画造诣皆深的张伯驹爱慕不已，他对她的画技甘拜下风，故而他曾为她特制一方印章，上刻"绘事后素"，借《论语》名句，意指自己绘画技艺在她之后。

不过，他会在她的画旁题字。

他字写得好是公认的，潇洒飘逸中尽显散淡风雅。潘素的画，配上他的锦言绣语，堪称书画界的珠联璧合之作。

一如他们的爱情，仿若天意一般，真正是天作之合！

爱是彼此成全

"我本是卧龙岗散淡的人"，这是他的自陈。

"当代文化高原上的一座峻峰"，此乃刘海粟赞誉他的话，言说的是他的可贵之处："所交前辈多遗老，而自身无酸腐暮气；友人殊多阔公子，而不沾染某些人的纨绔脂粉气；来往不乏名优伶，而无某些人的浮薄梨园习气；四围多古书古画，他仍是个现代人。"

出身富贵的他，一如那位痴情的纳兰容若，身上无一丝的俗气。

他尤喜收藏，可谓成痴。

他一生中，最为醉心的就是收藏字画名迹。家资巨万的他，从不追逐奢华，"不抽烟、不喝酒、不赌博、不穿丝绸，也从不穿西装革履，长年一袭长衫，而且饮食非常随便，有个大葱炒鸡蛋就认为是上好的菜肴了。他对汽车的要求是，只要有四个车轮而且能转就行了，丝毫不讲派头"。

能让他花巨资的唯一嗜好，就是收藏了。

他因出手大方，一度在收藏界混得风生水起。

他一生为了收藏字画可谓挥金如土，甚至不惜变卖家产。家里所有人都反对他这一嗜好，骂他是败家子，唯有潘素不仅理解、赞赏，还全力支持。

他曾为了购得隋朝展子虔的《游春图》，不惜变卖了自己最喜欢的宅子。此宅占地15亩，富丽无比，是清末大太监李莲英的旧宅。可是即便卖了宅子钱都没凑够，于是无奈之中他跑回家和潘素商量："卖首饰给我凑二十两吧！"

那时，为了收藏这些字画，他早已千金散尽，生活已见艰难。潘素略有迟疑，他竟躺在地上耍起赖来，哭笑不得的潘素只得答应，他才翻身爬起，拍拍身上的土满意地去睡觉了。

她深知他最在乎的是什么，他一生珍爱文物，不惜倾家荡产，重金收藏，只为保护国宝不致流失。

所以，她理解他、支持他，给了他无限宽慰和力量。

深爱一个人到骨子里，就能学会懂得，亦可学会宽忍，一如潘素。

他张伯驹，亦感恩她的懂得。

不只如此，他们还能患难与共。那时，张伯驹遭人绑架，绑匪图谋的是他珍藏的字画，不然就要300万赎金。她深知那些字画是他的命，于是奔波八个月，变卖自己所有首饰细软，又四下周旋，在友人们的鼎力相助下终以20根金条将他赎回。

其侠肝义胆、忠贞不贰之气，让无数男儿汗颜。

张伯驹虽是豪门子弟却无丝毫戾气，超凡脱俗，淡然有正气；潘素虽不幸沦落风尘，却自是兰心蕙质，不染丝毫尘埃，这样的两个人真是命定的一对佳偶。

最好的爱情，就是你懂我深浅，我知你短长。

爱情，从来都是始于美色，而成于交心，它的圆满源自彼此心性、爱好的契合以及相互理解。

你喜欢的，我懂得；你懂得的，我喜欢。

一如他们俩，彼此了解，互相扶持，互相成全。

得一人，得一世安稳

在那个乱世，一个女子更要挑对伴、找对人，面对艰难的境遇，才能一步步牵着手走过去。

就如那句"树在。山在。大地在。岁月在。我在。你还要怎样更好的世界？"，诉尽一个女子的真心意。

潘素亦如此。

生逢乱世，遇见了一个他，相伴的岁月里，他们彼此欣赏、彼此懂得、彼此成全，过着锦绣一般的生活。一生几经沉浮，生死相随。

于他们而言，得此一人，即得全世界，得一世心的安稳。

在他们二人身上，我们看到的永远是夫唱妇随，吟诗作画时是，搞收藏时是，捐赠时亦是。

1956年，张伯驹和夫人潘素一起将30年来所藏珍品无偿捐献给故宫博物院。其中包括陆机的《平复帖》、杜牧的《张好好诗》、范仲淹的《道服赞》，以及黄庭坚的《诸上座帖》等珍贵书画，至今它们仍是故宫的镇院之宝。

1962年，张伯驹调任吉林省博物馆副馆长，再次慷慨解囊，无偿捐献了几十件自己的珍贵收藏。

要知道，这些藏品宝贵非常，有些可谓价值连城。

然而，他们却并不吝惜，无私捐献。

张伯驹曾说："我看的东西和收藏的东西相当多，跟过眼云烟一样，但是这些东西不一定要永远保留在我这里，我可以捐出来，使这件宝物永远存在我们的国土上。"

对此，潘素不仅赞赏，更鼎力相助，不惜当掉细软首饰，甘愿独自应对柴米油盐的负累，也要成全他的名士风流。

粗茶淡饭，却也举案齐眉。于他们二位，是欢喜的。

所以只有这样的潘素最入张伯驹的心，能让他爱一辈子。他们在一起40多年后，有一次年近八旬的张伯驹与她小别，暂住在女儿家，写就一阕深情款款的《鹊桥仙》赠予她：

晚年的潘素与张伯驹

不求蛛巧，长安鸠拙，何美神仙同度。

百年夫妇百年恩，纵沧海，石填难数。

白头共咏，黛眉重画，柳暗花明有路。

两情一命永相怜，从未解，秦朝楚暮。

"执子之手，与子偕老"，他们俩是这句话最好的注解。相伴数十年，他们依然仿如热恋。

1980年2月，他们两人最后一次合作，在北海画舫斋展出了56幅作品。

不久，85岁的张伯驹躺在潘素的怀里静静离去。

她和他，共相守五十载。

回想他们红尘相遇，早就彼此约定生不分离，唯有死别！

晚年潘素

尾语

他念她至深，故而临终立下遗嘱："……共同收藏的珍贵书画二十件，赠与（予）慧素，外人不得干涉。"

她将这些悉数无偿捐给国家。

在格局气节上，她与丈夫张伯驹一般，都属傲骨清流。

孤灯之下握笔作画，转身，她依稀看见他正伏案题诗。多少日夜，她和他一起作画、题词，而今，全成模糊的旖旎光影。

但这一生有他陪伴，心已安然。余生，她可在静心作画中度过。

他去世十年后，她追随他而去。

就此，他们这段传奇迤逦离去。

张爱玲

她始终若那废墟之上绽开的罂粟花，用一支妖娆的笔蛊惑众生。

在一个人的城池里，她君临天下，横绝于世，

以一种天然高贵的姿态，傲视群雄，

干净凛冽得令人不敢直视。

这样的她，是独具才情的，亦是孤傲的。

于世俗里，她依然是时代陷落中的"最后的贵族"。

她高瞻世态，睥睨人间。

可是，人生于她却终是

"撞破了头，血溅到扇子上，就这上面略加点染成为一枝桃花"的哀艳孤绝。

童年，苍凉

爱玲，出生在一个微凉的日子。

家世至为显赫，祖父张佩纶是清末"清流派"响当当的人物，祖母则是赫赫有名的李鸿章的女儿。

《清史稿》中载：张佩纶罚满归京，听候起复；李鸿章不念旧恶，以女妻之。大概是为了延揽人才，也可能是张佩纶得到了李鸿章女儿的垂青。这言说的就是爱玲祖父母之间的情缘事宜。

曾朴的《孽海花》里，曾将此桥段做了演义：成为李鸿章的女婿后，李反而不便保奏、重用他了，所以，清同治年间，张佩纶夫妇便定居南京，搬进原来的"张侯府"，过起了士大夫诗酒风流的生活。

人说，富不过三代。张家亦如此。

待到爱玲父亲张志沂这代时，张家已没落。不过，家大业大，再是没落也还有着富裕人家的底子。父亲沾染了遗少恶习，终日沉迷于鸦片。或许，乱世的人自有乱世的活法吧。父亲在邀友狎妓抽大烟的路上苟活着，不思上进。

母亲黄逸梵，则大不同。

她出身官宦名门，作为清末南京黄军门的孙女，深受五四新潮的影响，是个清丽孤傲的新派女子。

门第相当，揪扯着他们结合了。实际上两个人真是迥然不同，极不适合婚配的。

爱玲说过，父亲的房间里永远是下午，在那里坐久了便觉得沉下去。

母亲的世界，则是温暖、富足的，有钢琴，有油画，有无限光明。有那么一段时光，母亲成了身处幽暗地带的爱玲拼命要抓住的一缕阳光。也是在母亲那里，她才习得更高贵的教养和气质。

如此不同的两个人，必然是不相融的。

对爱玲而言，童年有一部分记忆来自他们的争吵。当时瘦削的她害怕极了，每次都无助地躲在一个小小角落，感觉天要塌下来、地要陷下去了。她那时就生出"世间怎么这么荒凉"的悲怆感。

母亲终还是离开了，留下小小的爱玲和弟弟孤寂地活在父亲阴暗的世界里。爱玲的童年过得漫长而灰暗。

得不到父爱，亦得不到母爱，在原生家庭给予的伤痛里苦挨着，世界自此一片灰暗。

直到1928年，母亲和姑姑一起从英国归来，爱玲和弟弟才度过了一段泛着橙红色光泽的快乐时光。

她的眼里从此有了光，心里有了暖，多年之后还记着那时的快乐。

成年后，她曾写过："我们搬到一所花园洋房里，有狗，有

青年时期的张爱玲

花，有童话书，家里陡然添了许多蕴藉华美的亲戚朋友。我母亲和一个胖伯母并坐在钢琴凳上模仿一出电影里的恋爱表演，我坐在地上看着，大笑起来，在狼皮褥子上滚来滚去……"

这美好的记忆，在她温情缺失的一生中，是多么珍贵，诚如她心口的朱砂痣，伴随经年，无法舍弃。

她开始在母亲的教导下学画、学钢琴、学英文，学一切能成为淑女的技艺。然而，没那么多的静好岁月，父亲最终还是将他们的婚姻打碎。

1930年，父母协议离婚。

那一年，10岁的爱玲和弟弟再次跟随父亲生活。

在稀薄的父爱中，她和弟弟的童年世界再次变得荒凉、孤寂，他俩如同两株芦苇，在冷冷的沼泽边瑟瑟度日。

少年，孤岛

1937年"八一三"事变爆发，日军攻陷上海，上海从此成为一座"孤岛"。

而爱玲所在的张公馆，因为没了母亲的存在，早成了一座"孤岛"。

她的世界，被强行分作两半：善与恶，神与魔。

不过，倒也不完全是黑暗。

有时，她喜欢在父亲鸦片的烟霭里，乱摊着小报，透着细碎的阳光跟父亲谈亲戚间的笑话，倒也和谐。她知道那时的父亲是寂寞的，在寂寞的时候父亲也是欢喜她的。

那时的她，还是有美好向往的，常在脑海里构建理想的未来：

她希望自己中学毕业后去英国读大学；她还想学画卡通影片，到时把中国画风传播到美国去。

只是，对她而言这一切太过理想化。

接下来的现实，结结实实地将她的理想砸得稀碎。

因为，她的继母进门了。

在姑姑初次告诉她这个消息时，小小的她就哭了。她趴在夏夜的小阳台上，孤单无助地哭着。她看过太多关于后母的小说了，知晓天下后母皆一个样，恶毒是她们的代名词。

果不其然，应验了。

她的后母，跟她看到的那些恶毒后母没什么分别。

这个出身显赫、上海滩著名的七小姐（孙用蕃），脾气古怪，性格火暴，直到36岁才抓住爱玲的父亲这根婚姻的稻草，将自己嫁了。

她进入张家，很快就用自己的方式让爱玲的大小姐身份变模糊了。

爱玲的生活，就此陷入完全的灰暗。

仅有的和父亲的那点小欢喜，再也寻不见。

她为了将爱玲母亲黄逸梵留下的痕迹清除，不惜一切代价将张家大改造：搬家，清理屋子，换掉所有黄逸梵时期留下的用人；自然，对黄逸梵留下的一双儿女也明里暗里进行打压。

这些都被敏感的爱玲看在眼里。

尤其是那一箱子她送给爱玲的自己的旧衣，成了爱玲的噩梦。多年后，她写道："穿不完地穿着，就像浑身都生了冻疮，冬天已经过去了，还留着冻疮的疤。"然而，继母的折磨光是这些也就罢了，她还有更恶毒的，随时伺机而来。

在爱玲中学毕业的那年，她的母亲回国了。爱玲一向亲近母

学生时期的张爱玲

张爱玲父母（左二、右二）和姑姑（右一）及友人照片

亲，她自己虽没表现出开心，父亲却觉察到了。这于他是不可忍的，他想着多年来养活她、教育她，可她的心没在自己这一边，就生了无限恨意。后母这个人精也是会算计，总算逮住时机对付爱玲了。

　　她吃吃期期地，对父亲表达着自己想去留学的愿望，却被后母说成是母亲的教唆。如此一来，父亲更是恼怒。

　　此时，又发生了一件令矛盾升级的事情。

　　爱玲为躲避战事的骚乱，到母亲那儿住了两个礼拜。没承想，回来竟然招致后母的一顿数落，嚷嚷着她眼睛里没自己，随手就打了爱玲一个嘴巴。爱玲本能地要还手，谁知后母恶人先告状，一路尖叫着奔上楼去，嘴里大声喊道："她打我！她打我！"

　　父亲对她心系母亲的恨意，瞬间被挑拨出来。他疯了似的对着爱玲一顿狂揍，末了还将她锁在家里。她撒泼哭闹想引起铁门外岗警的注意，未果，再次招致父亲的一顿打骂。她孤单寂冷，缩在一个空房子里度过了一夜。

　　第二天，姑姑来说情，父亲却在后母的挑唆下劈头打过去，被打伤的姑姑进了医院，她则被彻底囚禁起来。

这一囚禁，长达六个月之久。她觉得自己"生在里面的这座房屋忽然变成生疏的了，像月光底下的，黑影中现出青白的粉墙，片面的，癫狂的"，看到的全是"楼板上的蓝色的月光，那静静的杀机"。

她本觉得父亲不会真的杀了自己，可一场痢疾让她真切地靠近了死亡。父亲不给她请医生，任她那么病着，她这一病就是半年，"躺在床上看着秋冬的淡青的天，对面的门楼上挑起灰石的鹿角，底下累累两排小石菩萨——也不知道现在是哪一朝，哪一代"。死亡，离她如此近，如同猛兽随时要把她吞噬一般。

她感到深深的无望，并在无望中决定出逃。

那个冷冷的黑沉沉的夜，她"伏在窗子上用望远镜看清楚了黑路上没有人，挨着墙一步一步摸到铁门边，拔去门闩，开了门，把望远镜放在牛奶箱上，闪身出去"。

她是这样小心翼翼。时过境迁，她自己回想起来，会觉得那时的自己是多么滑稽。

那一年，她只有18岁。

逃出父亲的家，她投靠了母亲。

然而，母亲虽接纳了她，却未能给她一直渴念的温暖。母亲是想爱玲可以做个淑女，也刻意往淑女的方向培养她，然而，这对长久孤冷度日的爱玲来说，太难了。

因此，没多久，她们母女间也有了隔阂。

生活，遂又坠入另一个"孤岛"。

爱情，宿命

做不了母亲希望的淑女，母亲的家于爱玲便不复温馨了。

她常常一个人在公寓的顶层阳台上，不安地徘徊着，西班牙式的白墙将蓝天割出条块状，她仰头向着烈日，寂寞成灾，她甚觉自己是那样赤裸裸地站在天底下。

于困顿中，她努力考入了伦敦大学，却因为战事不能去英国。而后，改到了香港大学。谁知，三年后又因为战事被迫回到了上海。

公寓的家，还好好地在那里，只是母亲已经离开。

母亲去了法国。

其实，母亲在动身前，到她寄读的学校看她，她却冷着一颗心没表露出任何惜别之意，想来母亲定会在心里嘀咕："下一代的人，心真狠呀！"

其实只有她自己知道，母亲转身而去后，她一个人在那里痛哭不止。

这次回来，她和姑姑同住，依然住在爱丁顿公寓，只是换了不同房间。

迫于生计，她开始用她的一支妙笔写锦绣文字。

她这些文字很快吸引了众多读者，亦牵出一段情缘。

只是，这段情缘百转千回，却是孽比缘多。

情缘起落，这位让她一颗女儿心为之低到尘埃里开出花朵的男子，叫胡兰成。

胡兰成，乃是一名满腹才情的文人。据说，那天在家闲居的他，看了苏青寄给自己的杂志，上面恰刊登了爱玲的小说《封锁》，他一下就被深深吸引，作者宛如相识许久的老友，看遣词、构思皆心生欢喜。

于是，他火速跟苏青要来爱玲的地址，忙不迭地来找爱玲了。

初见，冷傲孤僻的爱玲就给了他一个闭门羹。

不罢休的他，还是执意从门缝里递上了写有自己电话的字条。

爱玲素来是不喜被冒昧打扰的，然而这次她内心里却是欢喜的，因为她一早就对倜傥多才的他有所耳闻。

于是，她拨了胡兰成留下的电话号码，说去找他。

这一次，让他惊艳的是爱玲本人。

他时常以为自己很懂得什么叫惊艳，然见了爱玲后，才知晓这尘世间有"艳亦不是那艳法，惊亦不是那惊法"的惊艳！

是的，不漂亮的爱玲，以其奇特、孤冷的气质，入了他的心。

"男欢女悦，一种似舞，一种似斗。"这是他胡兰成一直以来的调调。于是，他在见了爱玲后，即刻明白自己棋逢对手，找到了一个爱情中理想的人儿。

他给爱玲写信，写："因为相知，所以懂得。"

这评价于爱玲似魔咒，她即刻入了魔，爱上了他。

于是，她赠他照片并在照片后写道："见了他，她变得很低很低，低到尘埃里，但她心里是欢喜的，从尘埃里开出花来。"

以锦言绣语，回馈他对自己的懂得。

就此，爱玲义无反顾地投入他的怀抱。

关于他的风流倜傥，她不是没有耳闻，而胡兰成亦不曾对她有所隐瞒，他告诉她，自己结过两次婚，现在也有同居的女人。

不过，这些于她，却都不是爱他的障碍。

她从他的身上，看到太多自己渴望已久的父亲般的温情了。就如鸦片，不可抵抗，且一沾染就戒不掉。

两个人在一起，真是久看不厌，对人如对花，入景亦贴心。

两个人的爱情中有无尽的风花雪月，每天缠绵胶着，喁喁私语无尽时。

剥去冷艳气质，爱玲原也是那"陌上游春赏花，亦不落情缘的一个人"，从此她的美只为着他一个人。时常，她会刻意穿那件"闻得见香气"的桃红色单旗袍，那是胡兰成最喜她穿的，还有那双凤绣花鞋。

在爱情里，爱玲也是做尽了俗世女子爱做的俗世之事。

事实上，她未尝不知他是那心性使然之人，此一时彼一时地随波逐流，但还是固执地跟他配了姻缘。或许，一如她说过的"乱世的人，得过且过"吧。

拥有过，比没得到，总是好的。

故而，她虽知他这个人从来是没有未来的，却仍自己骗自己，信着他写的那纸婚约誓言——"愿使岁月静好，现世安稳"。

可是，我最爱的爱玲，乱世之中，何来岁月静好！

爱错，空对

在不知道胡兰成是何方神圣时，我很好奇地查阅了一下。

小名蕊生的胡兰成，1906年出生在浙江嵊县，家在距县城几十里的下北乡胡村。在他的锦绣文字中，亦知他的父亲慷慨达观，母亲贤良温和。后来父亲在别人的茶叶店里做伙计，却是无法维持一家人的生计，长久下来累欠了不少债。

直到兰成后来做了"高官"，债务才算还清。

这样的家世，自是无法跟爱玲"煊赫旧家声"的贵族遗后比的。

后来，看他写的《今生今世》，看风景人世，山川日月，但经他手，皆有春意，才觉他是出众的。

不然，怎能入了爱玲的眼？

只可惜，他是个不折不扣的情种。敏于世事的他，难免用情过于浮泛，爱得热烈，却无法专一，要的不过是那"此时语笑得人意，此时歌舞动人情"的流水光阴罢了。

他自己曾在那本名动文坛的《今生今世》里坦承道："我每回当着大事，无论是兵败奔逃那样的大灾难，乃致（至）洞房花烛，加官进宝，或见了绝世美人，三生石上惊艳，或见了一代英雄肝胆相照那样的大喜事，我皆会忽然有个解脱，回到了天地之初，像个无事人，且是个最最无情的人。当着了这样的大事，我是把自己还给了天地，恰如个端正听话的小孩，顺以受命。"

初见爱玲，他即觉得她是"陌上桑里的秦罗敷，羽林郎里的胡姬，不论对方怎样的动人，她亦只是好意，而不用情"的恬淡深静。女人，素来是他眼里的常客，然却未曾有一个女子可以若爱玲这般，让他像是"刘备到孙夫人房里竟然胆怯"。在他看来，"张爱玲房里亦像这样的有兵气"。这样的脂粉女子，他今生还是头一回见。

恋爱中的人，常常会迷失自己。爱玲却自始至终清醒，只是未能做到内省。她明白，有人虽遇见怎样的好东西亦滴水不入，有人却像丝绵蘸着了胭脂，即刻渗开得一塌糊涂。

她的错便在于此，知道爱得糊涂，却仍拼尽心力一往情深地将一场尘缘渲染到底。

许是率性而为，许是爱得胆怯怕失去。她总不能够挑明了心里的怀疑，只兀自沉浸在相处的时日里。她喜欢在房门外悄悄窥视兰成，甚觉"他一人坐在沙发上，房里有金粉金沙深埋的宁静，外面风雨淋琅，漫山遍野都是今天"。

张爱玲经典照片之一

　　她常常会不自觉静静地看着他，脸上写着不胜之喜，用手指抚他的眉毛，说："你的眉毛。"抚到眼睛，说："你的眼睛。"抚到嘴上，说："你的嘴。你嘴角这里的涡我喜欢。"

　　某一日，她突然叫他"兰成"，他竟一时不知道如何答应。因兰成总不当面叫她的名字，与人亦是说张爱玲，而今她要他叫"爱玲"，他自是十分无奈，只得叫一声："爱玲。"话一出口，登时很狼狈，她亦听了诧异，道："啊？""对人如对花，虽日日相见，亦竟是新相知，荷花娇欲语，你不禁想要叫她，但若当真叫了出来，又怕要惊动三世十方。"

　　是如此。爱情里，他是玩世不恭惯了，即便遇着了令自己惊艳不已的爱玲，他亦无法让自己收心。对女人，他从来是那无论好歹，只怕没份的贪瞋痴人。而偏偏凡是他遇着的女子，皆似爱玲笔下的痴缠——"他是实在诱惑太多，顾不过来，一个眼不见，就会丢在脑后。还非得盯着他，简直需要提溜着两只乳房在他跟前晃。"

他真是对谁都好，唯辜负了她——爱玲。

夜间电台，常会放蔡琴那首婉转低沉的歌："左三年右三年/这一生见面有几天/横三年竖三年/还不如不见面。"

每次听，我都会想起爱玲来。三年，于男子算不得长久，于女子却是如年华似水，彩云追月。

想他胡兰成38岁后的三年，给了一个年方23岁的女子。那女子，一生写下许多的字，那些字皆能装载成册，传于后世。

这女子即是爱玲，乃胡兰成笔下那"民国世界的临水照花人"。

只是，他并非最爱她。

尘埃，落花

"爱玲，这世上懂得你的只有我，懂得我的也只有你。"

这是胡兰成说的。

诚然，胡兰成懂得爱玲。

不然，他不会写出这样精辟的文字："看她的文章，只觉她什么都晓得，其实她却世事经历得很少，但是这个时代的一切自会来与她有交涉，好像'花来衫里，影落池中'。"

只可惜，他懂得却不知珍惜，不仅如此，还大大地辜负了她。

由于局势所迫，他不得不避难于武汉，后又至温州，却先跟一个叫小周的护士纠缠，后又跟一个叫范秀美的寡妇纠缠在一起。

爱玲起初是不信的，还效仿起"孟姜女千里寻夫"的桥段，前往他在的温州城。

她的痴情可歌可泣，但到底这是俗世。

一路的山水迢迢，她心底却始终只有"乱世清秋，我当只和你在一起，不离不弃"的念头。

她对他的情深，真是天地可鉴。

然而，他给予她的却是伤了身心，于尘埃里，落花溃败一地。

逗留温州期间，她独自住在一家小旅馆里，他白天来，晚上走。这使得她备觉生分，即便他俩成日里伴在房里。

一日，爱玲夸"情敌"秀美模样俊美，便要给她画像。

可是画着画着，她突然画不下去了。

她也不解释，只是一脸凄然悲怆之色。

胡兰成一再追问她，为何如此。她只解释，越画越觉得范秀美像他胡兰成，一难受就再也画不下去了。

爱情里，女子的敏锐是天生的，可预知可洞察的。

爱玲亦如此，她已然察觉到他和情人之间缠绵难掩的爱欲了。

又有，她到他的住所，他却只对旁人说她是自己的妹妹。这让她情何以堪？毕竟，她也是他明媒正娶的妻！

于是，她决定跟兰成摊牌，要他在情人和自己之间做个选择。

然而，面对爱玲让他做了断，他竟大言不惭地如此对爱玲说："若选择，不但于你是委屈，亦对不起小周。人世迢迢如岁月，但是无嫌猜，按不上取舍的话。而昔人说修边幅，人生的烂漫而庄严，实在是连修边幅这样的余事末节，亦一般如天命不可移易。"

她失望至极，心力交瘁之下，说道："你是到底是不肯。我想过，我倘使不得不离开你，亦不致寻短见，亦不能再爱别人，我将只是萎谢了。"

翌日，她便决定走了。

兰成打着伞到码头送她，雨水混着泪水，将过往那些如梦似幻的爱冲刷殆尽。

他们的爱之鹊巢，人去楼空。

后来，她寄钱给他，并附信道："我已经不喜欢你了。你是早已不喜欢我了的。这次的决心，我是经过一年半的长时间考虑的，彼惟时以小吉（小劫的隐语）故，不欲增加你的困难。你不要来寻我，即或写信来，我亦是不看的了。"

从此，她的爱像那风雨飘摇后的繁花，只落得残花满地，不再是那绮月明光，不再对着他一人言了。

与他这个风流至极没品的浪荡子，无牵无碍，亦好。

张爱玲就是张爱玲，断情断爱亦是如此大气。不过，兰成却不曾有这般干脆。

诀别后，他还心有不甘，多次哀求爱玲的密友炎樱去说情。他声情并茂地去信跟炎樱说："爱玲是美貌佳人红灯坐，而你如映在她窗纸上的梅花，我今惟托梅花以陈辞。佛经里有阿修罗，采四天下花，于海酿酒不成，我有时亦如此惊怅自失。又《聊斋》里香玉泫然曰：妾昔花之神，故凝，今是花之魂，故虚，君日以一杯水溉其根株，妾当得活。明年此时报君恩。年来我变得不像经常，亦惟冀爱玲以一杯水溉其根株耳，然又如何可言耶？"

怜爱爱玲的炎樱，没有搭理他，爱玲亦是更不会再与他有任何瓜葛了。

经此一遭，她已不能容忍一个男子的轻薄浅短。哪怕还爱着，抑或深爱着。

诚然，女子再是八面玲珑，若是逢不着一个体己贴心的男子，便是顶顶悲凉的事。

曾经，爱玲在《倾城之恋》中写道："在这不可理喻的世界里，谁知道什么是因，什么是果？谁知道呢？也许就因为要成全

张爱玲经典照片之一

她，一个大都市倾覆了……"

　　只是，未曾有谁可以成全她和兰成的那段短暂的爱恋。

　　曾经，胡兰成说过信誓旦旦的情话："我必定逃得过，惟头两年里要改姓换名，将来与你虽隔了银河亦必定找得见。"爱玲亦回应得言笑晏晏："那时你变姓名，可叫张牵，又或叫张招，天涯地角有我在牵你招你。"

　　言犹在耳，而他们这一对乱世鸳俦，终是难成眷侣。独自归去的路上，各自瘦影在地。

　　而我只记得，他胡兰成说她张爱玲"愁艳幽邃……最是亮烈难犯，而又柔肠欲绝"。

离乱，漂泊

1952年，她离开上海，再次去了香港。

她离开时，身边没有任何人，只孤单一人，像一个暗喻。自此，她若一只孤雁开启颠沛流离的人生。

在香港三年，她虽也写了不少作品，但皆没有什么大影响，于是，失落的她、看不到前途的她，决定移民美国。

1955年秋，她一个人孤零零地踏上了开往美国的轮渡。

那一年，她35岁。

1956年2月，她申请到麦克道威尔文艺营写作。

在这里，她与赖雅相遇。彼时，赖雅66岁，爱玲36岁。

3月底，他们互访了对方的工作室。5月初，他们觉得彼此兴趣相投，好感日益增多。爱的种子，悄然在他们心中发芽。

赖雅无疑是有才情的，也曾声名显赫，只是，挥霍无度中他的才华渐失。长时间没有作品出版的他已陷入赤贫，因而申请了麦克道威尔文艺营。

有时候，人与人的相遇有着这样或那样的缘分，一如爱玲和赖雅。

他们相遇、相知，发展了恋情。

只是，分离亦快。

赖雅申请在文艺营的时间已到，他们不得不说别离。

爱玲因此有了悲伤。

赖雅去了耶多，虽然他们距离远了，但是心仍在一起。他们经常通信，并期盼着重聚。不久，爱玲发现自己怀孕了。她忙写信告诉他，很快就收到了他的回信，并且他在信中深情地向她求了婚。

只是，他不想要这个孩子。

或许，因为童年有过太多的伤，爱玲也同意不要这个孩子。手术不那么成功，她从此不能生育。

然而于她，并不觉得伤悲，因为此后她漂泊的旅途中总有一人可相伴。

1956年8月14日，他们举行了婚礼。

这应是她一生中最富温情的时刻了，她自小缺爱，亦缺少家的温暖，这一次，她拥有了一个完满的婚礼，有了一个真正意义上的家。

真好。

她和赖雅11年相伴的岁月，是她获得最奢侈的爱的11年。

在异国他乡漂泊，他给了她想要的港湾，给了她累了可以栖息的岸。因此，在和他相伴的有情岁月里，她倍加珍惜这段姻缘。

于她，从爱的缺失到再获得，现下是样样皆好的。她已不是那个冷傲的女子，少了她特有的犄角，恢复成世间女子最寻常的模样。

张爱玲（中间）和友人

张爱玲和赖雅

　　关于她人生际遇里的两个男子——胡兰成和赖雅，她曾有文写过："'死生契阔，与子成说；执子之手，与子偕老'是一首悲哀的诗，然而它的人生态度又是何等肯定。我不喜欢壮烈。我是喜欢悲壮，更喜欢苍凉。壮烈只有力，没有美，似乎缺少人性。悲壮则如大红大绿的配色，是一种强烈的对照。"

　　大红雅，大绿俗。

　　大红是胡兰成，大绿是赖雅。

　　大红，早已在她心底消失；而大绿，是她余生里的温情，经年岁月里，她在他充满爱怜的眼眸里将冰雪融化，变成一个拥有爱的有温度的女子。所以，她尽力爱着他。

　　她是为了他，拼了余生的。

　　只是，生死非人为，他最终还是离开了她。

　　她的世界，再次空茫茫一片。

　　"生在这世上，没有一样感情不是千疮百孔的。"传奇艳绝的她，曾如是说。

但是，她未曾想过，这话在自己身上被诠释得如此淋漓尽致。

尾语

这世间，有谁能给她安慰？

赖雅去世后漫长的二十几年里，她始终独自过着与世隔绝的生活。

1995年9月，她在洛杉矶的公寓里孤独地逝去。

据说，她离世前穿的衣裳，是一件磨破衣领的赭红色旗袍，犹如她曾经绚烂一时却终于平和散淡的一生。

张爱玲自是张爱玲，摩登也好，寂寥也罢，面对世人，何惧之有？

也许，做最好的自己，恰是她的箴言锦句。

她不问尘事，不媚俗于世，始终如那伶仃孤傲的宋徽宗瘦金体，于浮生一片姹紫嫣红、纸醉金迷中，兀自高贵地静默着。她虽吃五谷杂粮，着明黄的宽袍大袖，却又不谙红尘雾霭，只与清风共婵娟。丧乱的国度，离乱的家庭，她只用那"少年诗赋动江关"的天性文字挥洒自己的才情，从而演绎出一世艳而不悲之美。

素来傲然人前的李碧华，这样形容她：

"'张爱玲'三个字，当中粉红骇绿，影响大半世纪。是一口任由各界人士四方君子尽情来淘的古井，大方得很，又放心得很——再怎么淘，都超越不了。但，各个淘古井的人，却又互相看不起，窃笑人家没自己'真正'领略她的好处，不够了解。对很多读者而言，除了古井，张还是紫禁城里头出租的龙袍凤冠，狐假虎威中的虎，藕断丝连中的藕，炼石补天中的石，群蚁附膻中的膻，

晚年张爱玲

闻鸡起舞中的鸡，鹤立鸡群中的鹤……"

如今，在上海的喧嚣繁华里，也有许多怀揣着自恋，摇曳着旗袍的女子，饶是没有一个是真正的"临水照花人"。

是的，上海这座风华绝代的城，于爱玲，恰是一个长身玉立的女子，早已将她的浓郁气息深掩于体内，时日久长，成了那霭霭红尘里的一抹沉香屑。

"风住尘香花已尽。"

是任谁洗千百遍，也只是浅淡了，却仍在那里。

白光

一抹旧时光里的风华

1921 年 — 1999 年

人事有代谢，往来成古今。
绚烂浮华，流光飞舞，
岁月的迷雾里，
她永是那亦影亦歌的果敢女子！

爱恨了然，傲骨勇敢

看过一档回忆节目，是介绍白光的。

荧屏上，白光一张黑白宣传照，散发着独特的迷人魅力。

看着这样的她，会让人有黄碧云《盛世恋》中方国楚初见程书静那双美目时的惊动：真伶俐，一黑一白，不染红尘。

这样的女子，一看就会心生好感。

看着她一张张的旧时相片，虽在岁月里模糊了模样，仍可见她长眉一挑下的睥睨群芳，几分盛气，却不凌人乖张。尤其是那张朱唇里横咬着一玫瑰花枝的照片，她整个人都似这玫瑰娇艳欲滴，唇边的两个酒窝更是迷杀人，含蓄娴静娇羞的模样惹人爱怜。抹胸下，是那掩饰不住的呼之欲出。

旧时女子能生得她这般眉眼有风骨，真是罕见。就如今而言，亦是少的。

我虽是女子，却也被她这股子魅惑摄人的劲儿所吸引。她符合我看过的黄碧云笔下形容的烟视媚行的女子形象，像是小葱拌豆腐，青是青，白是白，写满了一张桃花人面。真是美得凛然啊，任谁见了都会如我这般惊艳。

男子更是。

想来，那时上海滩十里洋场尽是红浓绿翠、莺声燕语，却没有谁能将她灼灼其华的绝世姿容掩住的。

她的歌声更是充满魅惑，慵懒低沉的嗓音似精雕细琢的美玉，又似极醇美的酒酿流经身体，能惹得人心里小鹿轻撞，有着莫名挑逗的意味。亦舒那个文字女巫，也喜欢她，甘愿在她的歌声中沉沦。她这样写道："我希望在一个寒冷的冬日，北风凛凛，下班寂寥地回公寓，扭开无线电，听到白光的《如果没有你》：'如

果没有你，日子怎么过，我的心已碎，我的事也不能做，如果没有
你……'"

若说吴莺音的靡靡之音是催眠曲，那么她的慵懒之音则是一剂
良药。

想来，她这般的女子应在男人的世界里顺风顺水吧。

然而，她生来即有独立女子的一份不卑不亢，从不与人过分热
络，始终游离于每个人的身边，跟任何人都生疏着。那时与她一般
的大牌明星，多忙着约见各色人等以寻求更多的机会，唯有她几乎
拒人于千里之外。

在她的世界里，只有录音棚和家。

上海这一方水土，生生将上海女子练成了精，刻进骨子里的感
性细腻任谁也夺不去的。

是精明，亦是内省。

年轻时的白光

她亦如此，最是懂得取舍，任是满眼繁华，却最懂如何去芜存精。

回望那时岁月，这样的她未尝不好。想那阮玲玉因了那句"人言可畏"而以身饮恨黄泉路。而她则可冷眼看着周遭的人情冷暖，径自唱着她的《假正经》傲然于世。也许，她一早就参透了那佛门的警言慧语吧——世间谤我、欺我、辱我、笑我、轻我、贱我、恶我、骗我，如何处治乎？只是忍他、让他、由他、避他、耐他、敬他，不要理他，再待几年你且看他。

这般洞悉世事，自是不会生了《青蛇》里小青对法海的情愫——明知不可为而为之的执念。

她太明白，都说美人的骨头轻不过三两，如花的面孔亦终有凋零的一天。

是如此的。旧时的名伶再是众星捧月、风头无两，又如何？在某个男人的股掌间，亦是被轻贱了的。

她骨子里那份独立自强的韧性，是倚着骨血而生的，一旦剥离，便只剩一副躯壳罢了。因而，她断不会因了爱人，而倾其性命。再是深爱，亦做不了那"千金难买相如赋，脉脉此情谁诉"的陈阿娇，因为太清楚阿娇苦守长门冷宫的苦，从她"娉娉袅袅十三余"开始的情缘，换来的亦不过是年老色衰后，那藏于门后拈一根发梢的怯怯回望罢了。

女子若是倾尽性命去爱，哪还有高贵可言？不过是做给旁人看的世俗荣辱。

爱恨了然，活得有傲骨、有勇气的白光，断不会如此。

我爱这样的女子。

红尘深景，似醉如梦

白光，1921年出生于北京。

那一年，还有两个女孩在北京诞生。巧合的是，成年后她们的艺名皆姓白，皆为赫赫有名的明星。她们一个叫白丽珠，艺名白虹；一个叫杨成芳，艺名叫白杨。而她白光，本名史永芬。

母亲在她之后，又生了七个女孩。这样一大家子，幸有做官的父亲，然而也不那么省心，因为父亲还吸食鸦片。

白光生就一个成熟的模样，且性情还早熟。据说，她十三四岁的时候就已知异性眼光里的深意。那时，她会把零用钱攒起，好买高跟皮鞋。

如此看来，她的这份"敢"，应是与生俱来的。

如此"敢"，早恋发生在她身上再自然不过。应该是十七八的年华吧，她邂逅了有才情的音乐老师江文也。江文也一见她就动了心，而她亦动了懵懂的情，于是当江文也向她求婚时，她虽耳闻江文也早有妻室在日本，却仍欣然答应了。

即便搁到现在，也未必有几个女子敢如此。

好景不长，多情的人自有多情的作。不久，江文也移情其他女学生。以白光的刚烈性格，定是不能容忍的，她一怒之下提出分手。真是遇人不淑，江文也竟一口答应了。

也罢，无爱、不爱，就没必要纠缠。

于是，她争取了一个赴日留学名额，径赴日本去留学，将这一地鸡毛远远地甩在身后。

到了日本，她就读于东京女子大学艺术系，师从著名的"蝴蝶夫人"三浦环，学习声乐。此一时期的她，依然是耀眼夺目的，很快吸引了多金的焦克刚的注意。他热烈地追求她，并言说要供养当时拮据的她。许是因为他也俊朗高大，她很快答应了。

他们同居了。然而焦家家风端正，家世又颇显赫，因此对她有诸多不满，后来断了他们的生活费，想以此逼迫他们分手。刚烈若她，竟横下心去夜总会唱歌，挣钱来养活自己和焦克刚。

最终，焦家无可奈何，同意了他们的婚事。可是，焦克刚却露出了狐狸尾巴——他是个"妈宝男"，毫无主见，事事都听母亲的，最后竟因家事烦扰，索性连家也不回了……这样的焦克刚让白光震惊又失望，只是当时她正怀着孕，无法一走了之。后来，刚烈的她果断选择出走。既然爱情留不住，婚姻又是一地鸡毛，就此离开吧。她跟随相识的剧组演员，来到了大上海。为了生存，她报考了演员，运气颇好，竟被录取了。为了抹去过往，她给自己取了艺名——"白光"。

从此，她的世界里再没有焦克刚，亦没有那个不知名字的女儿。

过往已成暗影里的梦，躲在了白光的背后。

一代妖姬，绝代风华

当年，她被称为"一代妖姬"，集女演员、歌星于一体。

学生时代，她即表现出极高的演艺天赋。她曾参加过北平沙龙剧团，演出过曹禺的名剧《日出》。彼时，和她同台演出的便有张瑞芳、石挥这样的角儿。

出演《桃李争春》，是她演艺生涯的转折点。

那是1943年，她在电影《桃李争春》中，与彼时有着"孤岛影后"之称的陈云裳演对手戏。此际的白光早已褪去青涩，加之她身材高大，打扮时髦，举止开放，将片中反派角色演绎得老练成熟。她演唱的主题曲《桃李争春》更是妖娆媚人，一夜之间传遍大街小巷，人人都会哼唱几句。

因此，她一鸣惊人，红遍银幕上下。

当时即有评论写道："白光把剧中的反派女角演得叫人又爱又恨，那顾盼神飞的修眉俊眼撩人心动……勾魂摄魄的低吟浅唱醉人心田。"

自此，白光以放浪狂野的形象载入影音史册。

她率性而为，能歌能演，无论歌声还是影片，都在肆意挥洒着一个烟花女子在荒诞风尘中亦傲亦邪的心绪和欲念。她在电影中，从体态、表情到声音，都充满挑逗的风骚意味。而她的歌，更是一种妖媚的诱惑，里面满是苍凉人世中的心有不甘，仿佛呈现了她在空虚与无奈中挣扎着妖娆起舞的身姿。

白光演绎的这样的形象，一扫当时银幕上娴静清纯女星千人一面的单调，迅速征服了整个上海滩与电影圈。

此际，电影公司的高层，个个觉察到白光这不容忽视的独特个人魅力及其深藏的巨大商业价值。于是，他们无不将她视为"珍宝"，影片中一有类似的反派角色，总会不假思索地选择白光。

她的银幕之路，因而落入一个既定模式：一部电影、一个"坏女人"、一首好歌。

《一代妖姬》，是她的巅峰之作。

那年，她奔赴香港，加盟了张善琨主持的长城影业公司，拍摄了《一代妖姬》。该片上映后轰动一时，成为白光演艺生涯的经典之作。

后来，由于她擅长表演"妖姬""荡妇""坏女人"一类的角色，"一代妖姬"也就成了她的代名词。

白光

这个代名词，确也将她形容得入木三分。

且看她的"妖"，不是矫揉造作而成，而是经由岁月时光雕琢蔓展而成。纯是她自然发挥的，或轻或重，或放或收，无不恰到好处，那股子若即若离、正着痒处的感觉，更是被她拿捏得到位之极。

这样的白光，自是自视极高的，却未必是趾高气扬的傲慢，更多的是眼里不揉沙子的清绝孤高，并多少带些孤芳自赏的情愫。她表现出的邪气和野性，原不过是烟花尘世中的男人们所造成的。因而，她勾人的眼波带着讥讽与不屑，慵懒的身体曲线中又满含倦怠和嘲弄。

这是她在伸张自身存在的意义。

在她背后，实则也弥散着一位悲苦女性的爱与怨。

良缘孽缘，皆是注定

人都说，人生得一知己可以不恨。我说，女子得遇一良人可以不恨。

然而，这世间素来良人无多。男子薄情寡义者多，尤其是在白光所处的那个"欢场"。所以，她总含了恨意，因为没有逢着良人，能给予她安稳的好姻缘。

依稀听到她在唱："如果没有你，日子怎么过？我的心也碎，我的事也不能做……"

怪就怪她太相信爱情了，因而伤到近乎头破血流。

那一个个伤了她的心的男人，我们姑且不去追索，有一个男人却着实可恶，让人不得不来揭出他的恶，以此警醒后世被爱情迷惑的女子。

这个可恶的男子，是她盛年从艺时结识的。

一个所谓美国飞行员，也是一个至为狡猾贪婪的洋鬼子。他应是一早就有预谋，所以对白光展开疯狂猛烈的攻势。在他的强攻之下，白光的爱之壁垒被攻破，她在这有别于过往婚姻的所谓自由民主的恋爱滋味里迷失了。

不幸的她落入被这个卑劣男人始乱终弃的惨境，如同一个长长的噩梦。在之后漫长的岁月里，她经历了一场冗长的离婚诉讼官司，为此耗费了大量精力和财力。

这场婚姻的打击，对白光而言至为难熬。此后多年，她都不想再结婚。回忆过往坎坷情路，她有深深的不堪回首之感。她曾幽怨地说过："我这个人做人失败，得罪不少朋友，婚也结得不好，一路走来，始终没有碰到一个真正爱我的人。"

许多人会质疑，白光这样的大明星，什么世面没见过，什么风雨没经过，怎会生生掉进一个一文不名的洋鬼子设下的爱情圈套呢？

想她白光，亦是精明的女子，从来不会轻易为男子的情话所感动。并且，这骗局是明眼人一眼就能看穿的，怎就她一人迷惑其间看不真切呢？

于我看来，未必是这洋鬼子有多大本领，他亦非什么不折不扣难以抵御的大情圣，无非是爱情里虚张声势的那个"勇"字当头的小兵，情场上一番志在必得的厮杀之后竟将她轻取了来。就如咱们的大美女林青霞一般，男子皆念她是那遥不可及的大明星，自是眼高于顶、目空一切的，皆不敢轻易来追，却只有一人大起胆子来追，无所顾忌，如此一来反倒显出他的好来。于是，他便抱得美人归，成就了一段良缘佳话。

那时白光的境遇，也应是如此吧。

爱是恩慈，爱是无涯

世事原来如此：有就有，没有就没有，有过之后没有，也就没有。

不畏将来，不念过去，才是最好的生存之道。

当年她和飞行员结婚后，同往日本东京定居。在他们离婚后，白光忘却所有，开始征战商场。她不念过去、不畏将来地荣光登场，在东京银座开了一家"五月花"夜总会，生意竟然很兴旺。

这样的白光，真是离婚女人的好榜样。

不自暴自弃，不自怨自艾，只勇敢地过好每一天。虽有过伤，却不入骨髓，都可以忘却，一切重来。这样的女人才容易获得幸福。

正如她。

一次，在"五月花"夜总会的献唱中，她结识了比自己小近20岁的影迷颜良龙。颜良龙的父兄皆是她的影迷，所以他对她怀有真挚而小心的爱意。经过一段时日的交往，白光那颗原本枯死的心，终被打动，她奔向他的怀抱。

在后来的岁月里，她获得的真正属于自己的幸福，即来自这个爱她如生命的男子。

他们一起双栖同居三十年，恩爱久长至白光离世。

遥想她的一生，真正属于她的幸福，并不是来自电影和音乐的光芒，而是由这个叫颜良龙的男子给予的。因为音乐和电影终究是留给别人的，并不能够真正温暖疗愈她凄凉伤痛的人生。唯有颜良龙，是她生之岁月的一剂良药，给她温暖，给她爱抚，给她恩慈，给她安稳。在她临死时，她都紧紧地拉着他的手不肯松开。

这个小她近20岁的颜先生，确是她割舍不掉的至爱。那时的她该有多遗憾，因了那"爱是无涯，吾生却有涯"的寿数将近。不过，我知道她又是多么充盈，此生终是没被那盛名浮华所累，倾尽一生寻到了最完满幸福的情感归宿。

颜先生，是个不可多得的良人。他是真的特别爱她，在她离世后，曾亲自为她造了一座琴墓，黑白琴键下，白光永远安睡在那里。他因特别怀念她，家里始终保持着白光在时的模样，想着一梦醒来，也许白光又回到自己身边了。

不过，世事如春梦，梦醒了，就什么都没有了。

他清醒地知道她永远不会回来了，于是，在她两周年的祭日，他深情地为她写下了这首诗：

灵凤振翼去，空余绕梁音；

知心斯已远，何日君再来；

昔日之光彩，今日依然在。

诗后的落款是：永远怀念您永远爱您的夫颜良龙。

任何女子，能遇着这么个良人，皆是可不恨的。

虽然他给予她的是最平淡的婚姻，但她获得的却是世间女子最梦寐以求的幸福。

因此，世人皆因他的缘故，可以相信幸福是有的，真幸福，是可以逢得上、遇得到、等得着的。于是，在吉隆坡郊外她的墓地上，信爱的人们拾级而上，遥看着一排黑白相间的琴键，轻哼着上面镌刻的《如果没有你》的五线谱，像是遇见了幸福一般，会心生雀跃。

人说，有那么一些已经远行和终将远行的身影，会一直留存于有心人的脑海里。

令人难以忘怀的白光，无疑是其中一位。

她那富有磁性的妖媚嗓音，可以在任何钢筋水泥的都市里，将你带入属于她的那个年代。

20世纪40年代的旧上海，她在那里歌舞翩然。

尾语

李碧华于《胭脂扣》中说："女人就像一颗眼珠，从来不痛，却禁不起一阵风。一点灰尘叫它流泪，遇上酷热严寒竟不畏惧。"

中年时期的白光

正因此，女子是需要让人来疼爱的。

朝秦暮楚、终日流连花间的男子虽叫人不齿，那些拥着幸福、抱着温香软玉却不懂得珍惜的男人，更是黑了心肺。

至今仍有不少老歌迷、老影迷玩味着白光的艺名，想要揣测它的意味。

在众说纷纭的多个版本里，我只记得这个版本，"白光，就是电影放映间里那一束沉黑中的耀眼白光"。

恍如隔世。

她的绚烂浮华，只投影在那一束白光所映射的幕布上，她的流光飞舞亦只在那一束白光的透射中，穿越那一程历史的光阴甬道。

人事有代谢，往来成古今。

那个曾叫史永芬的女人，始终有着不畏惧将米的勇敢。

而我言说她之种种，其实想说的只一句，即：是女子，当应不畏人言，勇敢去追求自己想要的生活，若白光这般！

所谓幸福，便可得。

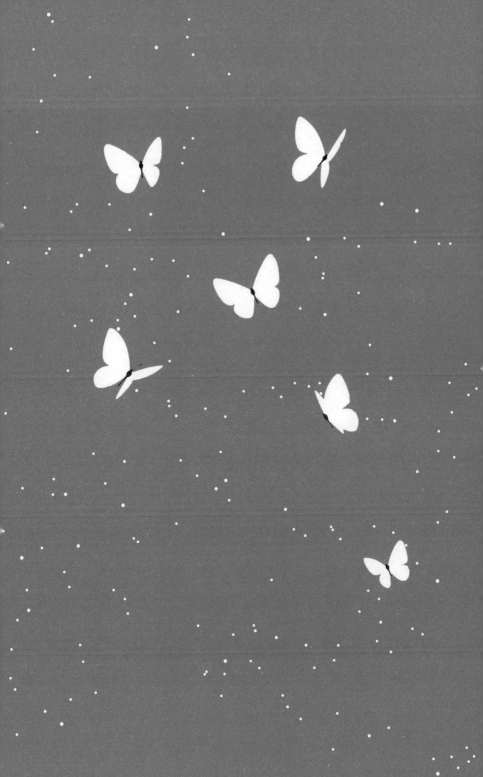

民

国

女

子

图书在版编目（CIP）数据

民国女子：她们谋生亦谋爱 / 桑妮著. -- 长沙：
湖南文艺出版社，2023.10
ISBN 978-7-5726-1140-7

Ⅰ. ①民… Ⅱ. ①桑… Ⅲ. ①传记文学—作品集—中国—当代 Ⅳ. ①I25

中国国家版本馆CIP数据核字（2023）第072853号

上架建议：文学·人物传记

MINGUO NÜZI:TAMEN MOUSHENG YI MOUAI
民国女子：她们谋生亦谋爱

著　　者：桑　妮
出 版 人：陈新文
责任编辑：刘雪琳
监　　制：于向勇
选题策划：沐读文化
策划编辑：楚　静　徐　妹
营销编辑：时宇飞　黄璐璐　邱　天
装帧设计：即刻设计
内文插图：兀　游
出　　版：湖南文艺出版社
　　　　　（长沙市雨花区东二环一段 508 号　　邮编：410014）
网　　址：www.hnwy.net
印　　刷：北京嘉业印刷厂
经　　销：新华书店
开　　本：875 mm×1230 mm　1/32
字　　数：220 千字
印　　张：9.5
版　　次：2023 年 10 月第 1 版
印　　次：2023 年 10 月第 1 次印刷
书　　号：ISBN978-7-5726-1140-7
定　　价：56.00 元

若有质量问题，请致电质量监督电话：010-59096394
团购电话：010-59320018